W0200001

Rédactrice :
Corinne François-Deneuve

COURS DE RÉVISION

Le cours de révision est composé de trois dossiers :

1. **Un bilan-test de début de cours** autocorrectif qui permet de repérer les éventuelles difficultés et de mieux orienter vos révisions.

2. **Le cours :** 4 séries de travail avec des leçons et des exercices d'application autocorrectifs.

3. **Les corrigés des exercices :** ce sont les corrigés des exercices du cours.

COMMENT ETUDIER SON COURS ?

Nous vous conseillons d'étudier une série de travail par semaine en faisant tous les exercices d'application.

Bon travail !

BILAN TEST

Questions :	*Réponses :*
1. « Je l'ai attendu mais il n'est pas venu » est :	☐ **1.** une phrase complexe. ☐ **2.** une phrase simple.
2. Dans l'expression « un café sans sucre », « sans sucre » est :	☐ **1.** une proposition subordonnée relative. ☐ **2.** un complément du nom.
3. Un texte descriptif :	☐ **1.** raconte une histoire. ☐ **2.** évoque un état, une situation.
4. Dans la phrase : « Paul est plus petit que Pierre » :	☐ **1.** on a un comparatif de supériorité. ☐ **2.** on a un comparatif d'infériorité.
5. « Floraison » est :	☐ **1.** un mot construit. ☐ **2.** un mot simple.
6. L'imparfait sert à :	☐ **1.** évoquer des actions brèves. ☐ **2.** décrire l'arrière-plan.
7. Un texte argumentatif :	☐ **1.** contient beaucoup de connecteurs logiques. ☐ **2.** contient beaucoup de compléments de lieu.
8. « Jaunâtre » est un adjectif :	☐ **1.** mélioratif. ☐ **2.** péjoratif.
9. Des synonymes sont :	☐ **1.** des mots qui ont le même sens. ☐ **2.** des mots qui ont des sens différents.
10. Dans « il est sage comme une image », « sage comme une image » est :	☐ **1.** une comparaison. ☐ **2.** un complément circonstanciel de manière.
11. L'hyperbole, c'est :	☐ **1.** une exagération. ☐ **2.** une opposition de mots.
12. Le début d'un livre, c'est :	☐ **1.** la situation initiale. ☐ **2.** l'introduction.
13. « C'est en forgeant qu'on devient forgeron » est une phrase :	☐ **1.** négative. ☐ **2.** emphatique.
14. Dans un mot, le suffixe est :	☐ **1.** ce qu'on ajoute à la fin d'un mot. ☐ **2.** ce qu'on ajoute au début d'un mot.
15. Le narrateur, c'est :	☐ **1.** celui qui raconte l'histoire. ☐ **2.** celui qui signe le livre.
16. « Mais », « ou », « et », « donc », « or », « ni », « car » sont des :	☐ **1.** conjonctions de subordination. ☐ **2.** conjonctions de coordination.
17. « Il était une fois » signale le début :	☐ **1.** d'une fable. ☐ **2.** d'un conte.
18. Une description se fait **toujours** à l'imparfait :	☐ **1.** vrai. ☐ **2.** faux.
19. Les romans de Chrétien de Troyes ont été écrits :	☐ **1.** au XVIème siècle. ☐ **2.** au XIIème siècle.
20. Un roman :	☐ **1.** ne comporte pas de dialogues. ☐ **2.** peut comporter des dialogues.

CORRIGÉ DU BILAN TEST

1. « Je l'ai attendu mais il n'est pas venu » est :	**1. une phrase complexe.** On reconnaît une phrase complexe à la présence de plusieurs verbes conjugués, ici « ai attendu » et « est venu ». Ici, les deux propositions sont coordonnées, et reliées par la conjonction « mais » (notion d'opposition).
2. Dans l'expression « un café sans sucre », « sans sucre » est :	**2.un complément du nom.** Placé après le nom, le complément du nom complète le nom en indiquant par exemple ici une sorte de composition, de matière. On reconnaît le complément du nom à la présence d'une préposition, ici, « sans ».
3. Un texte descriptif :	**2.évoque un état, une situation.** Dans « descriptif », on reconnaît « description ». Un texte qui raconte une histoire est un texte narratif (narratif, de narrer, qui veut dire raconter).
4. « Paul est plus petit que Pierre » :	**1.on a un comparatif de supériorité.** On reconnaît le comparatif de supériorité à la présence de la locution « plus...que ». Certes, la phrase exprime une certaine « infériorité » de Paul face à Pierre, mais il ne faut pas confondre sens et grammaire !
5. « Floraison » est :	**1.un mot construit.** On reconnaît en effet « flor », qui vient du latin fleur, et « -aison ».
6. L'imparfait sert à :	**2. décrire l'arrière-plan.** C'est le passé composé ou le passé simple qui décrivent des actions.
7. Un texte argumentatif :	**1.contient beaucoup de connecteurs logiques**. Le texte argumentatif vise à convaincre ou à persuader l'interlocuteur. On cherche donc à faire appel à sa raison ou à ses sentiments. On cherche à construire une démonstration logique, ou apparemment logique. Des compléments de lieu n'auraient pas grand chose à faire là-dedans !
8. « Jaunâtre » est un adjectif :	**2.péjoratif.** La terminaison en « -âtre » est souvent péjorative.
9. Des synonymes sont :	**1.des mots qui ont le même sens.** Des mots qui ont des sens différents sont des antonymes. Des mots qui se prononcent de la même manière sont des homonymes.

10. Dans « il est sage comme une image », « sage comme une image » est :	**1.une comparaison.** On reconnaît une comparaison à la présence du mot « comme », d'un point commun (« sage ») d'un comparé (« il ») et d'un comparant (« image »). Il s'agit ici d'une comparaison qui est passée dans le langage courant.
11. L'hyperbole, c'est :	**1.une exagération.**
12. Le début d'un livre, c'est :	**1.la situation initiale.**
13. « C'est en forgeant qu'on devient forgeron » est une phrase :	**2.emphatique.** La phrase est « emphatique » car un élément est mis en valeur avec le présentatif « c'est...que ». Une phrase est négative lorsque l'on a une négation, ce qui n'est pas le cas ici.
14. Dans un mot, le suffixe est :	**1.ce qu'on ajoute à la fin d'un mot.** Ce que l'on ajoute au début, c'est le **préfixe.**
15. Le narrateur, c'est :	**1.celui qui raconte l'histoire.** L'homme qui signe le livre est l'auteur. Les deux personnes peuvent être les mêmes, mais ce n'est pas toujours le cas.
16. « Mais », «ou », « et », « donc », « or », « ni », « car » sont des :	**2.conjonctions de coordination.** Vous avez pour cela un moyen mnémotechnique (pour retenir) : mais où est donc Ornicar ?
17. « Il était une fois » signale le début :	**2.d'un conte.**
18. Une description se fait toujours à	**2.faux.** C'est souvent le cas, mais on peut tout à fait imaginer une description faite au présent !
19. Les romans de Chrétien de Troyes ont été écrits	**2.au XIIème siècle.**
20. Un roman :	**2.peut comporter des dialogues.** C'est même une composante essentielle du roman !

⇨ **Si votre score final est supérieur à 18/20**, c'est un bon début. Ne relâchez pas vos efforts. Vous pouvez commencer l'étude de votre cours.

⇨ **Si votre score final est compris entre 13 et 18**, vous avez de bonnes connaissances mais certaines notions doivent être révisées.

⇨ **Si votre score est inférieur à 13/20**, je vous conseille de bien revoir les leçons et les exercices dans lesquels vous avez fait des erreurs.

SOMMAIRE
5ème
FRANÇAIS

1ère Série

5ème

FRANÇAIS

LA DESCRIPTION
Le voyage et l'aventure

Observation :
Texte de Marco Polo.

1ère leçon

La description :
Rappel.

2ème leçon

Observation :
Poème d'Alfred de Vigny.

3ème leçon

Enrichir le vocabulaire :
Les expansions du nom.

4ème leçon

1ère SERIE

LA DESCRIPTION

1. Observation :

Le Livre des Merveilles est le récit d'un voyage que le Vénitien Marco Polo (1254-1324) a accompli au XIIIème siècle.
L'auteur décrit ici le palais du Seigneur, une partie du palais du Grand Khan :

C'est le plus grand palais jamais vu. Il n'a pas d'étage, on y entre de plain-pied, mais le pavement est à dix paumes au-dessus du sol. Le toit est très haut. Les murs des salles sont tous recouverts d'or, les chambres aussi, et d'argent. Des dragons, oiseaux, chevaliers et figures de toutes sortes y sont représentés. Le toit est tout entier peint d'or et d'argent. La grand salle est prodigieusement vaste. Six mille personnes peuvent y manger à l'aise. Il y a un nombre extraordinaire de chambres. Le palais est si beau, si grand et si riche que personne n'aurait su mieux le concevoir. Les poutres du toit sont rouges, vertes, bleues, et d'autres couleurs, elles sont recouvertes d'un vernis fin et délicat qui les fait resplendir comme un cristal, si bien que, de très loin, on en voit l'éclat lumineux. Sachez que ce toit est construit solidement, de manière à durer à jamais. Entre deux murs d'enceinte, comme je vous l'ai dit, s'étendent de belles et riantes prairies, parsemées de beaux arbres d'espèces diverses, et peuplées de bêtes nombreuses, cerfs, daims, biches, écureuils de plusieurs espèces, beaucoup de ces bêtes dont on tire le musc, et quantité de bêtes diverses et de toutes sortes. Elles sont si nombreuses que tout en est rempli, à part les routes où circulent les gens. Sur le côté nord-ouest s'étend un lac vaste et beau, où vivent plusieurs espèces de poissons en quantité, que le seigneur y a fait mettre, et chaque fois qu'il en veut, il en prend selon son plaisir. Je dois dire encore qu'un fleuve y entre et en sort, mais tout est prévu pour qu'aucun poisson ne puisse s'échapper, grâce à des filets de fer et d'airain, qui les empêchent de passer. Au nord du palais, à une demi-portée de jet d'arc, s'élève une colline artificielle, qui fait bien cent pas de haut et un mille de tour. Elle est couverte d'arbres, qui ne perdent jamais leurs feuilles, et demeurent toujours verts. Et même, partout où le seigneur apprend qu'il y a un bel arbre, il le fait venir avec ses racines et toute la terre qui l'environne, et pour le planter sur cette colline, le fait porter à dos d'éléphant, si grand que soit cet arbre. Il a ainsi les plus beaux arbres du monde.

Marco Polo, *Le Livre des Merveilles* (rédigé entre 1298 et 1299), Chapitre LXXXIII
Classiques Larousse, traduction en français moderne de Louis-Georges Tin.

Exercice 1

Lisez ce texte attentivement en cherchant dans le dictionnaire les mots que vous ne connaissez pas.

a. Que veut dire « de plain-pied » ?
b. Pourquoi dit-on « grand salle » et non pas « grande salle » ?
c. Observez le mouvement du texte : la description suit-elle un ordre logique ?
d. Relevez les interventions de l'auteur. Selon vous, que pense Marco Polo du palais qu'il décrit ?

2. La description :

Rappel

Une description se fait au présent (si vous situez votre histoire dans le présent) **ou à l'imparfait** (si vous situez votre histoire dans le passé). Marco Polo fait le choix du présent alors que le palais n'est plus en face de lui, mais ce temps donne une certaine vivacité à son récit et rend justement le palais plus « présent » aux yeux du lecteur.

On est tenté, dans une description, d'utiliser toujours les mêmes expressions : « il y a », « est ». Regardez le texte de Marco Polo, qui fait preuve d'une certaine originalité, avec les mots *« est construit », « sont représentés », « s'étendent », « s'élève », « est couverte »*…

Pensez donc à varier votre expression avec :
« on trouve », « on découvre », « on note », « on remarque », « on peut voir », « on peut observer »...
« S'étendre » s'emploie pour quelque chose qui a une certaine étendue (« à perte de vue »), **« s'élever », « se dresser »** pour quelque chose de haut. Pensez aussi par exemple à **« trôner »** si vous voulez souligner que cet objet a une présence imposante (un ordinateur sur une table, par exemple).

On peut également utiliser : **« se cache », « se devine », « se dessine »...**

N'oubliez pas aussi que vous pouvez transformer des phrases avec prépositions (« autour », » près de ») dans des phrases verbales.

Exercice 2

Dans ce texte, remplacez les « il y a » par des expressions équivalentes (vous pouvez transformer légèrement les phrases) :

« Dans le jardin, il y a un grand arbre. Il y a une balançoire accrochée à la plus grosse branche. Il y a un gros mur de briques autour. En été, il y a souvent des pommes par terre. Il y a aussi une table et des chaises. »

Une description est organisée : pas question de décrire au hasard. Lorsque vous regardez quelque chose, votre œil suit un mouvement précis. Votre texte doit reproduire ce mouvement pour votre lecteur. On commence par une phrase générale *: « c'est le plus beau palais jamais vu », « ma chambre n'est jamais rangée »*, on décrit, et on conclut : *« il a ainsi les plus beaux chevaux du monde », « c'est pourquoi ma poubelle est toujours pleine ».*

Les compléments circonstanciels de lieu vont vous servir à structurer votre description.

Dans le texte de Marco Polo :

> *« Au nord du palais, à une demi-portée de jet d'arc, s'élève une colline artificielle, qui fait bien cent pas de haut et un mille de tour. Elle est couverte d'arbres, qui ne perdent jamais leurs feuilles, et demeurent toujours verts. »*

Dans cette phrase, *« au nord du palais », « à une demi-portée de jet d'arc »* sont des compléments. Ils répondent à la question : « où ? » Ce sont des compléments circonstanciels de lieu. Ils apportent une information mais on pourrait les supprimer sans que la phrase perde son sens. Les compléments circonstanciels de **lieu** indiquent l'endroit, l'origine, la direction.

Quelques expressions qui vont vous servir dans une description :

à gauche / à droite
en bas / en haut
au-dessous de / au-dessus de
(tout) près / (très) loin
à côté de / près de / non loin de / loin de

N'oubliez pas les points cardinaux, très précis :

au nord, au sud, à l'est, à l'ouest, et leurs composés **au nord-est, au sud-ouest...**

Utilisez aussi les mots issus de la photographie :

au premier plan
au second plan
à l'arrière-plan

Vous pouvez encore imiter Marco Polo et vous montrer très précis dans les distances :

à quelques mètres
à deux pas
à un jet de pierre

Vous notez en effet chez Marco Polo « *à une demi-portée de jet d'arc* » : **les indications de mesure sont ancrées dans l'époque d'écriture.** Vous direz sans doute que votre ami habite « *à deux stations de métro* » de chez vous. Si vous devez donc inventer un texte d'inspiration médiévale (= du Moyen Âge), pensez à ce détail : votre camarade habitera à deux heures de marche, à plusieurs « *lieues* » !

Pour décrire quelque chose, vous pouvez donc :

⇨ Suivre le mouvement de vos yeux et parcourir la scène de droite à gauche ou de haut en bas. C'est la description la plus banale. Vous pouvez aussi, pour un lieu, décrire d'abord la façade avant d'entrer avec le lecteur dans les lieux.

⇨ Mais vous pouvez aussi mettre en valeur un élément marquant : partir de ce qui est le plus impressionnant, et ensuite décrire ce qui est autour. Cela intriguera sans doute beaucoup le lecteur.

Exercice 3

On trouve des descriptions dans des récits de voyage (pendant vos prochaines vacances, faites donc un carnet de voyage avec vos propres descriptions des lieux : cela vous fera de jolis souvenirs... et vous pourrez comparer avec vos photos...). Avant l'apparition de la photographie, la description était même essentielle pour des lecteurs qui n'auraient jamais l'occasion de visiter eux-mêmes le pays. Souvent les romanciers ou les explorateurs faisaient d'ailleurs aussi des croquis des lieux. On peut comparer une description littéraire à un tableau : il y a dans les deux cas un effort de composition, de création.

Essayez de décrire le paysage de ce tableau en utilisant un maximum d'expressions citées plus haut.

3. Observation :

La description n'est toutefois pas réservée aux seuls récits de voyage ou aux romans. Dans ce poème, Alfred de Vigny décrit un navire :

La Frégate *La Sérieuse* ou La Plainte du capitaine

Quelle était belle, ma Frégate,
Lorsqu'elle voguait dans le vent !
Elle avait, au soleil levant,
Toutes les couleurs de l'agate ;
Ses voiles luisaient le matin
Comme des ballons de satin ;
Sa quille mince, longue et plate,
Portait deux bandes d'écarlate
Sur vingt-quatre canons cachés ;
Ses mâts, en arrière penchés,
Paraissaient à demi couchés.
Dix fois plus vive qu'un pirate,
En cent jours du Havre à Surate
Elle nous emporta souvent.
-Qu'elle était belle, ma Frégate,
Lorsqu'elle voguait dans le vent ! (...)

Quel plaisir d'aller si vite
Et de voir son pavillon,
Loin des terres qu'il évite,
Tracer un noble sillon !
Au large on voit mieux le monde,
Et sa tête énorme et ronde
Qui se balance et qui gronde
Comme éprouvant un affront
Parce que l'homme se joue
De sa force, et que la proue,
Ainsi qu'une lourde roue,
Fend sa route sur son front.

Alfred de Vigny, *Poèmes antiques et modernes*, 1822.

Exercice 4

a. En suivant les indications de ce poème, décrivez en prose le bateau qu'évoque Vigny.
b. Quel est le schéma de rimes (la disposition des rimes) dans les huit premiers vers du poème ?
c. Combien de syllabes les vers de la première strophe comportent-ils ?
d. Soulignez en bleu trois comparaisons. Soulignez en rouge trois mots appartenant au champ lexical de la mer. La description de la frégate est-elle précise ? « poétique » ?

4. Enrichir le vocabulaire :

Les expansions du nom

La difficulté d'une description, c'est aussi de varier son expression et de ne pas utiliser toujours les mêmes tournures. Reposez-vous donc sur ce que l'on appelle les « expansions du nom ».

Les **expansions du nom,** c'est l'ensemble des mots que l'on peut ajouter au nom pour l'enrichir, le préciser.

On peut donc trouver quatre types d'expansion du nom :

- ⇨ **l'adjectif épithète,**
- ⇨ **l'apposition,**
- ⇨ **le complément du nom**,
- ⇨ **la proposition subordonnée relative.**

⇨ **L'adjectif épithète** est un adjectif qui se rattache à un nom. Il le précède ou le suit immédiatement dans la plupart des cas. Attention : on peut parfois trouver ce que l'on appelle des « **épithètes détachées »**, éloignées du nom : *« l'enfant dévore sa tarte, affamé. »* Attention également : vous ne pouvez pas mettre l'adjectif épithète n'importe où. Parfois, avec certains adjectifs, la **place** modifie le sens. Un « grand homme », est-ce la même chose qu'un « homme grand » ?

⇨ **L'apposition** désigne le même être ou la même chose que le nom qu'il complète : *« Cyprien, la personnalité préférée des ados, sera présent ce soir. »* Cyprien = la personnalité préférée.

⇨ Un nom ou un groupe nominal peuvent être mis en apposition (pas un adjectif, c'est dans ce cas une épithète détachée).

⇨ L'apposition peut être séparée du nom par une virgule : *« Marco Polo, un Vénitien qui a fait un célèbre voyage... »*

⇨ L'apposition peut être reliée au nom par une préposition : « le mois de février », « la ville de Tours ».

Attention : ne confondez pas « la ville de Tours » et « les musées de Tours ».
« La ville de Tours » : la ville = Tours : apposition.
« Les musées de Tours » : les musées que l'on trouve à Tours : complément du nom.

⇨ On reconnaît **le complément du nom** à la présence d'une préposition : **à, de, par, pour, sans** (« un café sans sucre »). Parfois, dans certaines expressions, on a « oublié » la préposition : « un pull mohair » c'est un « pull en mohair. »

⇨ Le complément du nom est placé après le nom.

⇨ Il complète le nom en indiquant une origine, une matière, un possesseur...

⇨ La **proposition subordonnée relative** se reconnaît à son **verbe conjugué et au mot de liaison qui rappelle le mot précédent**.

⇨ Le mot de liaison est le **pronom relatif.** Le mot précédent est **l'antécédent.**

⇨ Il y a des relatifs simples et des relatifs composés : **qui / que / quoi / dont / où** sont les pronoms relatifs simples. Parmi les relatifs composés, on a **auquel, duquel, lequel...**

Exercice 5

Dans le texte suivant, relevez les expansions du nom. Quelles sont celles que vous pouvez transformer avec des expressions de sens équivalent, mais de forme différente ?

En notre forêt de Lions, vers le hameau de la Goupillière, tout près d'un grand puits-fontaine qui appartient à la chapelle Saint-Mathurin, il y avait un bon homme, bûcheron de son état, qui s'appelait Brisquet, ou autrement le fendeur à la bonne hache, et qui vivait pauvrement du produit de ses fagots, avec sa femme qui s'appelait Brisquette. Le bon Dieu leur avait donné deux jolis petits enfants, un garçon de sept ans qui était brun et qui s'appelait Biscotin et une blondine de six ans qui s'appelait Biscotine.

Charles Nodier, *Histoire du roi de Bohême et de ses sept châteaux*, 1830.

On peut transformer des compléments du nom en adjectifs (relationnels) : « une émission de télévision / une émission télévisée » ; « le trafic des autoroutes / le trafic autoroutier. »
Par exemple, un mur qui sépare deux espaces est un mur **mitoyen.**

Exercice 6

a. Transformez les compléments du nom en adjectifs relationnels :

1. Je ne souhaite pas qu'un médecin comme vous soigne ma maladie de cœur !
2. On va raser ces jolis pavillons pour construire une zone d'industrie.
3. On observe depuis quelques années de grandes variations de climat.
4. Mon grand-père est fan de randonnées à pied : il est fatiguant !

b. Transformez les adjectifs en compléments du nom. Est-ce toujours vraiment possible ?

1. Ma grand-mère est une spécialiste de l'histoire familiale.
2. L'école nous informe sur les accidents domestiques causés par les produits ménagers.
3. Les transports ferroviaires sont indispensables à la vie urbaine.

c. Transformez les subordonnées relatives avec des adjectifs relationnels :

1. Un ordinateur que l'on peut emporter.
2. Un fleuve où l'on peut naviguer.
3. Une écriture que l'on peut lire facilement.
4. Un hiver qui n'en finit pas.

2ème Série

5ème

FRANÇAIS

LE PORTRAIT
A la découverte du héros

Observation :
Extraits de *Harry Potter.*

1ère leçon

Le portrait :
Rappel.

2ème leçon

Observation :
Texte de Renaut de Beaujeu.

3ème leçon

Des portraits hyperboliques.

4ème leçon

2ème SERIE

LE PORTRAIT

1. Observation :

Vous connaissez certainement Harry Potter. Voici son portrait, dans les premières pages du premier livre :

> Peut-être était-ce parce qu'il vivait dans un placard, en tout cas, Harry avait toujours été petit et maigre pour son âge. Il paraissait d'autant plus petit et maigre qu'il était obligé de porter les vieux vêtements de Dudley qui était à peu près quatre fois plus gros que lui. Harry avait un visage mince, des genoux noueux, des cheveux noirs et des yeux d'un vert brillant. Il portait des lunettes rondes qu'il avait fallu rafistoler avec du papier collant à cause des nombreux coups de poing que Dudley lui avait donnés sur le nez. La seule chose que Harry aimait bien dans son apparence physique, c'était la fine cicatrice qu'il portait sur le front et qui avait la forme d'un éclair. Aussi loin que remontaient ses souvenirs, il avait toujours eu cette cicatrice.
>
> **J.K. Rowling, *Harry Potter à l'école des sorciers*,**
> **traduit de l'anglais par Jean-François Ménard, Folio Junior.**

Et voici le portrait d'Harry dans un autre volume de la série :

> Harry ne ressemblait en rien au reste de la famille. L'oncle Vernon était grand, avec une énorme moustache noire et quasiment pas de cou. La tante Pétunia avait un visage chevalin et une silhouette osseuse. Dudley était blond, rose et gras comme un porc. Harry, au contraire, était petit et maigre, avec de grands yeux verts étincelants et des cheveux d'un noir de jais qu'il n'arrivait jamais à coiffer. Il portait des lunettes rondes et une mince cicatrice en forme d'éclair marquait son front.
>
> **J.K. Rowling, *Harry Potter et la chambre des sorciers*,**
> **traduit de l'anglais par Jean-François Ménard, Folio Junior.**

Exercice 7

a. La narratrice fait-elle uniquement le portrait d'Harry dans chaque texte ? Pourquoi ?
b. Quels adjectifs qualifient la silhouette d'Harry dans les deux extraits ?
c. Sur quels éléments physiques du jeune garçon avons-nous des détails ? Sont-ils identiques dans les deux passages ?

2. Le portrait :

Rappel

Un portrait, est la description d'une personne. Ce que nous avons vu précédemment sur les expansions du nom peut bien sûr vous servir.

Comme une description, un portrait doit être **organisé**. Il commence par une phrase d'introduction (regardez celles des portraits d'Harry).

Pour décrire un personnage, on suit toujours un certain ordre. Dans le portrait d'Harry, on a d'abord l'aspect extérieur (taille et corpulence), puis le visage, après les lunettes, enfin la cicatrice. La description se fait de plus en plus précise. On voit d'abord Harry de loin, puis de plus en plus près. C'est une méthode que vous pouvez utiliser.

Cette méthode est **statique**. Vous pouvez aussi utiliser une méthode plus **dynamique** : saisir le personnage en mouvement, sur le vif. Ce qui est intéressant, c'est souvent la façon dont les personnes marchent, bougent. Vous agissez alors comme un dessinateur, ou un caricaturiste qui repère les détails marquants.

Votre portrait doit aussi comporter une phrase de conclusion, qui peut être brève.

Quelques mots :

- ⇨ **la taille : grand, petit, de taille moyenne, grand pour son âge...**
- ⇨ **le maintien : droit, voûté...**
- ⇨ **la corpulence : maigre, mince, malingre, chétif, corpulent, gros, gras, grassouillet, enrobé...**
- ⇨ **d'autres mots sur l'aspect extérieur (à chercher) : trapu, râblé, musclé...**
- ⇨ **le visage : long, ovale, fin...**
- ⇨ **les yeux : en amande, grands, brillants, perçants, clairs...**
- ⇨ **les cheveux : longs, courts, poivre et sel, clairsemés...**
- ⇨ **le nez : en trompette, aquilin, droit...**
- ⇨ **le menton : fuyant, carré, avec une fossette....**

Pensez aussi au sourire, au regard, à l'allure générale...

Il est évident que le **locuteur** (celui qui parle) a envie de s'impliquer dans un portrait, plus que dans une description de paysage. Il faut utiliser des procédés de style qui mettent en valeur ce que vous voulez souligner (vous remarquez toutefois que dans la première séquence la description du palais faite par Marco Polo était assez **laudative** [positive]).

Un des procédés que vous pouvez employer est **l'emphase :**

Regardez la phrase d'introduction :

« Peut-être était-ce parce qu'il vivait dans un placard, en tout cas,
Harry avait toujours été petit et maigre pour son âge. »

(N.B. : On inverse le sujet et le verbe quand on place le « peut-être » en tête). Si vous essayez de déplacer le « peut-être », on obtient :

« C'était peut-être parce qu'il vivait dans un placard, en tout cas,
Harry avait toujours été petit et maigre pour son âge. »

Cette phrase est sous une forme **emphatique. Une phrase emphatique** met en relief un élément d'une phrase.

Une phrase **emphatique** peut se construire avec les mots : **c'est...que / c'est...qui** (on appelle cela un présentatif).

« C'est Harry Potter qui est le héros du livre. »

On peut aussi **détacher** le mot :

« Harry Potter, c'est le héros du livre. » / « Harry, je ne sais pas qui c'est. »

Mais attention : on trouve plutôt ces phrases à l'oral. Ce ne sont pas des phrases qui conviennent pour l'écrit.

Exercice 8

Mettez en relief les groupes de mots en gras à l'aide de l'expression « c'est qui », « c'est que » :

Sur la scène, **les atmosphères sombres du Paris du XIXème siècle** planent autour des comédiens : Fantine mourante, Cosette maltraitée, Gavroche sur les barricades, Jean Valjean poursuivi par l'inspecteur Javert. Dans des décors très réalistes, en chansons et en tableaux animés, trente-cinq acteurs et chanteurs font vivre à Mogador **le plus grand roman de Victor Hugo.** Trois heures vingt de musique et de chansons, avec une mise en scène et des comédiens impressionnants, cette comédie musicale assure à tous des instants d'émotion inoubliables. Vingt millions de spectateurs ont déjà vu le spectacle à New York, à Londres, à Tokyo... dans le monde entier ! Partout **la critique** l'acclame, **le public** le réclame. Victor Hugo voulait que son livre soit universel. C'est chose faite ! Trente-six films ont déjà été réalisés. On parle d'un trente-septième, tiré de cette comédie musicale, en 1993 ! Des disques de cette tournée sont prévus **pour décembre**, en version française et symphonique.

***Je bouquine*, n°93, novembre 1991.**

En vous inspirant du portrait d'Harry, vous pouvez aussi employer des **comparatifs.** Il est toujours bien de décrire quelqu'un par rapport à quelqu'un d'autre : l'autre est le « repoussoir », le « faire-valoir » – c'est par comparaison que le portrait se construit.

Quelques rappels : on a

- ⇨ **le comparatif d'égalité : «** *Dudley est* ***aussi*** *jeune* ***que*** *Harry.* »
- ⇨ **le comparatif de supériorité : «** *Dudley est plus gros que Harry.* »
- ⇨ **le comparatif d'infériorité : «** *Dudley est* ***moins*** *maigre* ***que*** *Harry.* »

Deux personnes sont comparées. Le complément du comparatif peut ne pas être mentionné :
« *Dudley est plus gros.* »

On peut aussi imaginer que l'on compare deux qualités : « *Harry est plus intelligent que riche.* »

Attention aux comparatifs de bon (meilleur), mauvais (pire) et bien (mieux) !

<u>Exercice 9</u>

Relevez les adjectifs et participes passés au comparatif. Classez-les en trois colonnes : infériorité, égalité, supériorité.

1.Dimitri est aussi drôle qu'un clown. 2. Je préférerais une pomme plus mûre. 3. Votre sapin est moins décoré que le nôtre. 4. Aline est-elle vraiment plus appliquée que son frère ? 5. Voilà une phrase moins claire que la précédente. 6. Il est maintenant plus sûr de lui.

Enfin, vous pouvez aussi employer des **comparaisons,** comme dans le portrait de Dudley :
« *Dudley était blond, rose et gras comme un porc.* »

Dans une comparaison, on a plusieurs éléments :
comparé + point commun + outil de comparaison + comparant.

La langue française connaît de nombreuses comparaisons communes *(« bête comme un âne », « malin comme un singe »*). Les comparaisons avec les animaux ne sont pas gratuites. Comparer Dudley à un porc, animal réputé bête, sale et goinfre, c'est assimiler Dudley à cet animal...

Dans la même phrase, vous pouvez remarquer que Pétunia a un visage « chevalin » : le terme vient de cheval. Voilà donc la famille comparée à de bien étranges animaux !

Lorsque l'on n'a pas d'outil de comparaison (« comme »), on parle d'une **métaphore : «** *Chloé est un vrai rossignol, elle chante toute la journée.* »

Exercice 10

a. Cherchez des comparaisons pour caractériser les verbes suivants :
boire – courir – crier – dormir – manger – pleurer – trembler – s'écrouler – se battre – rire.

b. Cherchez des comparaisons pour caractériser les adjectifs suivants :
bavard – beau - bête - blanc – chaud – doux – fort – froid – gai – laid – léger – maigre – muet – rapide – riche – rusé – sourd – têtu – vieux – vif.

Exercice 11

La peinture a aussi beaucoup pratiqué le portrait ou l'autoportrait. Rien à voir, évidemment, avec une photographie d'identité. Voilà qui vous montre que vous pouvez être original dans vos portraits. Exercez-vous donc sur ce portrait intitulé *Tête de femme* par Picasso....

3. Observation :

Voici deux autres genres de portraits :

Voici qu'arriva à la cour une belle et élégante jeune fille luxueusement vêtue de soie – belle comme on n'en avait jamais vue. Son visage avait la blancheur des fleurs de l'été, son teint, la couleur de la rose ; elle avait les yeux clairs, la bouche rieuse, les mains blanches et les cheveux blonds d'une beauté incomparable. Un diadème d'or, incrusté de pierres inestimables était posé sur sa tête. Elle chevauchait un palefroi pommelé, digne d'un roi ou d'un comte. La selle, couverte d'un drap de soie, était d'un travail magnifique, ornée de rouges hyacinthes et d'émaux précieux, une véritable œuvre d'art. Quant au harnais de poitrail, il était d'or fin, incrusté de pierres précieuses, ainsi que le mors et les étrivières. Un nain accompagnait la jeune fille, non pas un nain sot et vulgaire, mais un nain courtois et bien élevé, bien fait et beau, sans autre défaut que sa petite taille, vêtu d'une robe de drap fourré de petit gris. C'était vraiment un nain très élégant, son vêtement avait été coupé à sa taille : quel joli personnage !

[...]

En chemin ils rencontrèrent une très belle jeune fille, portant des vêtements d'une soie magnifique. Sa pelisse doublée de zibeline, d'une incomparable qualité, était bordée de duvet de cygne, avec des bandes obliques de petit gris et d'hermine. La noble jeune femme était très jolie, sa beauté séduisait tous ceux qui la voyaient : un grand front, le teint clair, blanc comme le lys, des sourcils peu foncés, arqués, délicats et fins, bien dessinés, des joues roses comme rose d'été, une jolie bouche avec de petites dents – on ne vous en a jamais décrite d'aussi jolie ! Ses blonds cheveux brillants flamboyaient comme de l'or fin, simplement retenus par un fil d'argent car elle chevauchait nue tête.

Renaut de Beaujeu (XIIIème s.), *Le Bel Inconnu*,
traduction de Michelle Perret et Isabelle Weil, Champion Classiques, Paris, 2003.

Exercice 12

Relevez dans ces deux portraits tous les éléments qui vous paraissent aller dans le sens d'un portrait laudatif des jeunes filles.

4. Des portraits hyperboliques :

Ces deux portraits de la 3ème leçon sont placés sous le signe de l'**hyperbole.** Sans les suivre jusqu'au bout, vous pouvez toutefois orienter vos descriptions de personnes dans un sens négatif ou positif.

⇨ VOUS POUVEZ AINSI EMPLOYER LES **SUPERLATIFS** :

1/ LES SUPERLATIFS RELATIFS

Avec les superlatifs relatifs, on distingue la personne au milieu d'un groupe (on la relie à ce groupe).

- **le superlatif d'infériorité : «** *Dudley est le moins courageux de tous les habitants.* »
- **le superlatif de supériorité : «** *Dudley est le plus poltron de tout le pays* ! »

Vous voyez que la « **supériorité »** vient ici du « **plus »** et non pas du sens de la phrase. On n'est pas obligé de préciser le complément.

Attention aux superlatifs de « bon » (le meilleur), « mauvais » (le pire) et « bien » (le mieux) !

2/ LE SUPERLATIF ABSOLU

On considère la qualité en elle-même : Dudley est très poltron. Dudley est très peu courageux. Pensez à enrichir votre vocabulaire : à la place de « très », vous pouvez employer « **extrêmement », « infiniment », « extraordinairement... »**

Exercice 13

Cela ne sera guère difficile : faites de vous un portrait hyperbolique, au physique comme au moral, en utilisant les procédés de superlatifs et de comparaisons.

⇨ Vous pouvez aussi faire un usage stratégique d'un vocabulaire **mélioratif** ou **péjoratif**.

Un vocabulaire **mélioratif** (laudatif) est un vocabulaire positif, qui va dans le sens d'une glorification de la personne. Avec un vocabulaire **péjoratif** au contraire, vous sous-entendez que vous n'appréciez pas beaucoup la personne.

Exercice 14

Reprenez le portrait hyperbolique de vous-même que vous avez fait plus haut. Réécrivez-le dans le sens négatif.

Pour finir cette série, quelques conseils d'un poète :

Pour faire le portrait d'un oiseau

A Elsa Henrique

Peindre d'abord une cage
avec une porte ouverte
peindre ensuite
quelque chose de joli
quelque chose de simple
quelque chose de beau
quelque chose d'utile
pour l'oiseau

Placer ensuite la toile contre un arbre
dans un jardin
dans un bois
ou dans une forêt
se cacher derrière l'arbre
sans rien dire
sans bouger...

Parfois l'oiseau arrive vite
mais il peut aussi bien mettre de longues années
avant de se décider

Ne pas se décourager
attendre
attendre s'il le faut pendant des années
la vitesse ou la lenteur de l'arrivée
de l'oiseau n'ayant aucun rapport
avec la réussite du tableau

Quand l'oiseau arrive
s'il arrive
observer le plus profond silence
attendre que l'oiseau entre dans la cage
et quand il est entré
fermer doucement la porte avec le pinceau
puis
effacer un à un les barreaux
et ayant soin de ne toucher aucune des plumes de l'oiseau
faire ensuite le portrait de l'arbre
en choisissant la plus belle de ses branches
pour l'oiseau
peindre aussi le vert feuillage et la fraîcheur du vent
la poussière du soleil
et le bruit des bêtes de l'herbe dans la chaleur de l'été
et puis attendre que l'oiseau se décide à chanter

Si l'oiseau ne chante pas
c'est mauvais signe
mais s'il chante c'est bon signe
signe que vous pouvez signer
alors vous arrachez tout doucement
une des plumes de l'oiseau
et vous écrivez votre nom dans un coin du tableau.

Jacques Prévert

3ème Série

5ème

FRANÇAIS

LE RECIT (1ère partie)
Imagination d'un univers romanesque

Observation :
Extrait d'*Harry Potter*.

1ère leçon

Le temps :
Rappel.

2ème leçon

Quel temps employer dans un récit ?

3ème leçon

Le récit :
Quelques notions.

4ème leçon

3ème SERIE

LE RECIT (1)

1. Observation :

A califourchon sur son balai, Harry volait au-dessus du terrain, scrutant l'espace autour de lui dans l'espoir d'apercevoir le Vif d'Or. Lorsqu'Angélina avait marqué le premier but, il avait fait quelques loopings pour manifester sa joie, mais il n'avait pas encore eu l'occasion d'intervenir dans le jeu. Puis soudain, un éclat d'or brilla dans l'air. Le cœur battant, Harry plongea aussitôt dans sa direction. Terence Higgins, l'attrapeur des Serpentard, l'avait vu également et ils foncèrent côté à côte pour essayer de l'attraper. Les poursuiveurs semblaient s'être désintéressés du jeu et regardaient les deux attrapeurs au coude à coude.

Harry fut plus rapide que Higgs. Il voyait la petite balle agiter ses ailes un peu plus loin devant lui et il fit donner toute la puissance de son balai.

Un grand cri de rage monta alors des gradins réservés aux Gryffondor. Marcus Flint avait essayé de bloquer Harry et le Nimbus 2000 avait violemment dévié de sa trajectoire. Harry, cramponné au manche, parvint de justesse à se maintenir sur son balai.

- « Faute ! » hurlèrent les supporters de Gryffondor.

Madame Bibine rappela Flint à l'ordre et ordonna un coup franc en faveur des Gryffondor. Bien entendu, la confusion qui régnait sur le terrain avait permis au Vif d'Or de s'échapper.

J.K. Rowling, *Harry Potter et la chambre des secrets*,
traduit de l'anglais par Jean-François Ménard, Folio Junior.

Exercice 15

a. Relevez dans le texte les verbes conjugués.
b. A quels temps sont-ils conjugués ?
c. Sauriez-vous dire pourquoi ?

2.Les temps :

Rappel

Le présent s'emploie quand on évoque une action qui se déroule en même temps que l'on parle. Il peut aussi être le temps de la **vérité générale** : *« Les hommes naissent libres et égaux. »*

Enfin, il peut s'employer dans le sens d'un p**résent de narration :** il a alors pour effet de rapprocher le lecteur du texte qu'il lit.

⇨ **L'imparfait** est le temps de l'arrière-plan. On s'en sert pour décrire, pour évoquer une situation : « *La maison était grande.* »

C'est aussi le temps qui évoque les actions habituelles dans le passé : « *Tous les matins, il se levait pour aller à l'école.* »

⇨ **Le plus-que-parfait** sert à désigner une action antérieure à un autre point du passé mentionné dans le texte : « *Marc n'avait pas faim. Il avait déjà mangé un gros gâteau.* »

⇨ **Le passé composé et le passé simple** :

Pour rendre compte d'actions longues ou brèves qui se situent dans des limites précises, on peut en fait employer le **passé simple** ou le **passé composé.** Les actions sont présentées à égalité, on donne l'impression d'éléments qui se succèdent.

« Louis XIV régna cinquante ans. »
« Louis XIV a régné cinquante ans. »

Souvent on dit que le passé simple est le temps de la langue écrite, le passé composé est le temps de la langue orale.

En fait, le passé simple et le passé composé racontent des événements qui font avancer le récit. **MAIS :**

⇨ **Le passé composé s'emploie souvent quand on parle d'événements qui ont encore des liens avec le présent. Le passé composé rend les événements du passé proches du lecteur.**

⇨ **Le passé simple crée une distance entre ces événements et le présent du lecteur.**

Exercice 16

Dans le texte suivant, relevez les faits d'arrière-plan :

Le jour où Lullaby décida qu'elle n'irait plus à l'école, c'était encore très tôt le matin, vers le milieu du mois d'octobre. Elle quitta son lit, elle traversa pieds nus sa chambre et écarta un peu les lames des stores pour regarder dehors. Il y avait beaucoup de soleil, et en se penchant un peu, elle put voir un morceau de ciel bleu. En bas, sur le trottoir, trois ou quatre pigeons sautillaient, leurs plumes ébouriffées par le vent. Au-dessus des toits des voitures arrêtées, la mer était bleu sombre, et il y avait un voilier blanc qui avançait difficilement. Lullaby regarda tout cela, et elle se sentit soulagée d'avoir décidé de ne plus aller à l'école.

Elle retourna vers le centre de la chambre, elle s'assit devant sa table, et sans allumer la lumière elle commença à écrire une lettre.

J.-M.-G. Le Clézio, *Lullaby.*

Exercice 17

Transposez le texte suivant au passé simple et à l'imparfait. Attention ! Il faut garder le présent pour deux verbes.

Silvia Tebrick et son mari Richard se promènent dans une forêt d'Angleterre. Une chasse passe. Silvia pousse un cri. Quand Richard se retourne, sa femme s'est transformée en renarde au pelage rouge ! L'auteur s'est bien gardé d'expliquer sa métamorphose. Tout juste sait-on que, dans sa jeunesse, Silvia a été traumatisée par sa première chasse à courre...

Le couple Tebrick, désormais étrangement assorti, poursuit bon gré mal gré sa vie commune. Silvia est bouclée dans la chambre conjugale. Changée en renarde elle n'en continue pas moins de manifester beaucoup d'amour à son époux qui la brosse et la pare tous les jours. Le soir, il continue à faire avec elle, comme avant, une partie de piquet. [...] Mais bientôt Silvia manifeste son nouvel instinct, elle mord, saigne un lapin, creuse des terriers. Son mari doit se résoudre à lui rendre sa liberté. Elle donne naissance à des renardeaux, dont Mr. Tebrick, toujours amoureux (et jaloux), accepte d'être le parrain. Mais la pauvre finit par mourir sous les dents des chiens...

D'après David Garnett, *La Femme changée en renard.*

3. Quels temps employer dans un récit ?

Vous savez que l'on classe ce que l'on dit ou écrit en deux **plans d'énonciation : celui du discours et celui du récit.**

⇨ **Le plan d'énonciation du discours** situe les événements par rapport au moment de la communication. C'est pour cela que dans ce plan on trouve le présent.

⇨ **Le plan d'énonciation du récit** situe les événements par rapport à un événement du texte lui-même. C'est pour cela que dans ce plan on trouve souvent le passé simple.

Lorsque l'on écrit une histoire, on raconte souvent au passé simple. Les événements sont considérés comme lointains (cas du récit), et on n'est pas impliqué dedans.

Toutefois il existe plusieurs façons de raconter.

Vous remarquez que les textes ne sont pas toujours aux temps du passé. En effet, des présents alternent avec le passé. Ce présent est là pour rendre plus vivant le texte : on a l'impression de vivre la scène en même temps qu'elle se déroule.

Pour raconter une histoire, il y a deux possibilités :

⇨ soit vous employez le plan d'énonciation du discours, avec le présent, et vous êtes un peu comme un journaliste qui fait revivre un événement ;

⇨ soit vous employez le plan d'énonciation du récit, avec les temps du passé, et vous êtes un historien qui raconte une vieille histoire.

Exercice 18

Accordez les verbes entre parenthèses aux temps du passé qui conviennent, en distinguant les actions qui font progresser le récit et les actions de second plan. N.B. : vous voulez que les événements rapportés paraissent proches du lecteur.

Il y a des jours où il vaudrait mieux rester au lit.

Je ne dis pas ça par amour pour les polochons de l'internat. Quand la cloche (sonner), ce matin, je (croire) un instant que j'avais été transformé en sardine à l'huile marinant dans une boîte de fer-blanc. La vision de mes pieds nus dépassant des barreaux ne me (rassurer) qu'à moitié : j'étais bien Rémi Pharamon, pensionnaire de 4ème 2 au collège Chateaubriand, et rien, pas même la dégringolade de livres sur ma tête à l'instant où je (essayer) d'attraper ma montre, ne (pouvoir) me sauver de l'interro de sciences-nat.

Naturellement, je (être arrivé) bon dernier dans la cour. Il (faire) un froid de canard, un de ces petits matins de mars qui semblent faits tout exprès pour le plaisir des pions. Le nôtre (souffler) doucereusement sur son café, bien à l'abri derrière la vitre embuée du réfectoire, tandis que le surgé, du haut de la galerie, (sembler) commander au sifflet l'évacuation du Titanic.

J.-P. Arrou-Vignod, *Enquête au collège*.

4. Le récit :

Ne confondez pas l'**auteur**, c'est-à-dire la personne réelle qui écrit le texte, avec le **narrateur**, la personne fictive qui raconte l'histoire.

Quand l'auteur n'est pas connu, il est **anonyme**.

L'**auteur** et le **narrateur** peuvent être une seule et même personne, c'est le cas dans les **autobiographies** (un auteur qui raconte sa propre histoire).

Lorsque le narrateur n'est pas présent dans l'histoire, on dit qu'il s'agit d'un **narrateur externe.** Souvent, le narrateur externe sait tout sur les personnages : il connaît même leurs pensées. Dans ce cas alors on parle de **point de vue total ou omniscient.**

Lorsque le narrateur est un des personnages de l'histoire, on parle de **narrateur interne.** Le narrateur interne ne raconte que ce qu'il voit, que ce qu'il sait. On parle de **point de vue interne.** *« Je ne dis pas ça par amour pour les polochons de l'internat. »*

Le récit suit cinq étapes qu'on appelle **le schéma narratif.** Il débute par la situation de départ, la **situation initiale**. Cette situation est ensuite bouleversée par un **élément modificateur**. Cet événement déclenche toute une série d'autres actions, les **péripéties**. Puis un **élément de résolution** permet d'aboutir à un nouvel ordre, la **situation finale**.

Le schéma narratif

1 - Introduction : situation initiale
Développement :
2 - Elément perturbateur
3 - Péripéties
4 - Elément de résolution
5 – Conclusion : situation finale

Schéma narratif du texte de l'exercice 17

1 – Introduction : situation initiale : Richard et Silvia se promènent dans une forêt.
Développement :
2 – Elément perturbateur : passage de la chasse et transformation de Silvia.
3 – Péripéties : vie commune, Silvia devient de plus en plus sauvage, son mari lui rend sa liberté et devient parrain de ses renardeaux.
4 – Elément de résolution : Silvia meurt sous les dents des chiens.
5 – Conclusion : situation finale (non évoquée dans le texte) : Richard se retrouve veuf.

Pour raconter une histoire, on est obligé de se passer de certains éléments. Lorsque le narrateur choisit de ne pas raconter certains épisodes, on parle d'**ellipse narrative.**

Lorsqu'un des personnages résume en quelques mots quelques épisodes, on parle de **sommaire.**

4ème Série

5ème

FRANÇAIS

LE RECIT (2ème partie)
Les relations avec autrui

Observation :
Texte de Marcel Pagnol.

1ère leçon

Les phrases simples et
les phrases complexes.

2ème leçon

Les mots qui organisent le récit
et les différents types de texte.

3ème leçon

Les mots construits.

4ème leçon

4ème SERIE

LE RECIT (2)

1. Observation :

Le Temps des secrets est un livre paru en 1960. Il s'agit de la suite de *La Gloire de mon père* et du *Château de ma mère*, romans autobiographiques dans lesquels Marcel Pagnol raconte son enfance. Dans ce passage, l'auteur relate un épisode scolaire :

(...)Un nommé Bernier, (...) qui était mon voisin de gauche en classe d'anglais, faillit triompher de ma sagesse, et je dois reconnaître qu'il réveilla dans mon âme sereine – pendant quelques minutes – une douloureuse et méprisable jalousie. On disait que son père était armateur, c'est pourquoi j'ai cru longtemps qu'il fabriquait des revolvers, des fusils, et peut-être des canons, car la richesse de ce Bernier était visible sur toute sa personne : il avait une belle montre, des gants de cuir, des souliers toujours neufs, et c'était un gros acheteur de croissants.

Un matin, pendant que Pitzu nous révélait que l'adjectif, en anglais, est invariable, Bernier détourna mon attention de cette agréable nouvelle en touchant légèrement mon coude. Il me fit un clin d'œil, et il tira, de sa poche du cœur, un tube d'argent dont il dévissa le capuchon. Puis, il fit tourner une rondelle de métal qui en fermait l'autre extrémité, et je vis lentement surgir une plume dorée. « C'est de l'or ! chuchota-t-il. C'est écrit dessus ! » Ce luxe me parut d'abord insolemment inutile, et je demandais froidement : « On peut écrire avec ça ? » Il fit un nouveau clin d'œil, et dit simplement : « Regarde ! »

Alors, sans tremper la plume dans l'encrier il écrivit son nom sous mes yeux ! Je crus d'abord qu'il s'agissait d'une sorte de crayon. Il me détrompa. Cet appareil écrivait avec de l'encre bleue, qui était contenue dans le tube, et qui arrivait toute seule à la plume d'or !

C'est à ce moment-là que je pensai amèrement à l'injuste répartition des richesses, car Bernier écrivait comme un chat, et je ressentis une vilaine piqûre au cœur. Il m'expliqua que cet appareil s'appelait un « stylographe », que son père le lui avait rapporté d'Angleterre, et qu'il permettait d'écrire pendant une semaine sans s'arrêter ; enfin, quand il était vide, on pouvait le remplir de nouveau en tirant sur une sorte de piston.

Il voulut m'en montrer le fonctionnement : mais il n'était pas encore très habile au maniement de cette mécanique anglaise, et ne réussit qu'à lancer un jet soudain d'encre indélébile sur son magnifique cahier neuf. J'en ressentis un si vif plaisir que je lui pardonnai aussitôt la possession d'une merveille dont il ne saurait jamais se servir.

Marcel Pagnol, *Le Temps des secrets*.

Exercice 19

a. Quels mots du texte montrent que l'auteur et le narrateur sont une seule et même personne ?
b. Relevez les mots qui vous permettent de suivre l'évolution de l'histoire.

Quelles sont les différentes étapes du schéma narratif dans ce texte ?

2. Les phrases simples et les phrases complexes :

Définitions :

Une **proposition** est une unité de sens construite autour d'un sujet et d'un verbe conjugué :

- Une **phrase simple** se construit autour d'un groupe nominal sujet et d'un seul groupe verbal. Une phrase simple correspond à une seule proposition : *« Il me détrompa. »*

- Une **phrase complexe** est un ensemble formé de plusieurs propositions :

⇨ Les propositions peuvent être séparées par une **virgule**, un **point virgule** ou **deux points** : elles sont alors **juxtaposées**. « *Il voulut m'en montrer le fonctionnement* ***:*** *mais il n'était pas encore très habile au maniement de cette mécanique anglaise****,*** *et ne réussit qu'à lancer un jet soudain d'encre indélébile sur son magnifique cahier neuf.* »

⇨ Elles peuvent être reliées par une **conjonction de coordination ou des adverbes** : elles sont alors **coordonnées.** Les **conjonctions de coordination** sont : **mais, ou, et, donc, or, ni, car (« mais où est donc ornicar ? »).** Quelques **adverbes de liaison** : **ainsi, alors, cependant, pourtant, d'ailleurs, enfin... «** *Il fit un nouveau clin d'œil,* ***et*** *dit simplement : « Regarde ! » »*

Les propositions peuvent être reliées par des **mots de subordination** : elles sont alors **subordonnées**. On peut trouver des propositions subordonnées **relatives**, des propositions subordonnées conjonctives **complétives**, des propositions subordonnées conjonctives **circonstancielles.** *« J'en ressentis un si vif plaisir* ***que*** *je lui pardonnai aussitôt la possession d'une merveille* ***dont*** *il ne saurait jamais se servir. »* (Propositions subordonnées relatives introduites par les pronoms relatifs « que » et « dont »).

<u>Exercice 20</u>

Dans le texte, classez les phrases en phrases simples et phrases complexes, en précisant si ces dernières sont coordonnées, juxtaposées ou subordonnées.

1. Une bibliothèque sera bientôt construite dans notre quartier.
2. La pluie qui tombe aujourd'hui mouillera la terre, qui en avait bien besoin.
3. Il ne faut pas croire que tous les peintres qui sont maintenant célèbres ont été connus de leur vivant.
4. Dites-moi le nom des planètes que vous connaissez.
5. En regardant longuement la mer, le petit mousse rêvait d'aventures sans fin, d'exploits et de conquêtes.

3. Les mots qui organisent le récit et les différents types de textes :

Des groupes de mots contribuent à structurer le texte : ce sont les **organisateurs du discours.** Ils établissent des relations entre deux unités du texte : phrases ou paragraphes.

⇨ On a des **organisateurs temporels :** ils permettent de situer les événements dans le temps :
« il était une fois », « en ce temps-là », « un jour », « soudain », « à coup », « puis », « alors », « ensuite », « enfin », « finalement », « désormais »...

⇨ On a des **organisateurs spatiaux** qui permettent de situer les événements dans l'espace : « devant », « derrière », « à gauche », « à droite », « en haut », « en bas », « au milieu », « au fond », « plus loin »...

⇨ On a des **organisateurs logiques** qui signalent les étapes d'un raisonnement :
« tout d'abord », « ensuite », « par ailleurs », « mais », « or », « toutefois », « par conséquent », « c'est pourquoi » (voir plus loin).

Exercice 21

Relevez les organisateurs du texte suivant, et dites s'il s'agit d'organisateurs spatiaux, temporels ou logiques.

A l'époque romane, les châteaux étaient des emplacements fortifiés, et ils conservèrent ce rôle au Moyen Âge. Du VIIème au XIIème siècle, ils furent construits surtout dans les campagnes, où ils étaient installés sur des lieux surélevés. Plus tard, ils furent édifiés dans des villes ou furent à l'origine de bourgades. Du XIIème au XVème siècle, le château fort était constitué de trois éléments : une ou plusieurs enceintes, le donjon et la résidence des seigneurs. Le chemin de ronde passait le long des courtines et sur le faîte des tours. Le fossé, surmonté d'un pont-levis, s'élargit à partir du XVème siècle, avec la généralisation des armes à feu. Avec l'apparition des grandes monarchies, et à la suite des guerres d'Italie, le château perdit de son caractère défensif pour se muer en résidence. Il donna lieu à de belles réalisations.

***Encyclopédie Axis*, Hachette, 1992.**

De manière générale :

- un texte **narratif** se construit surtout avec des **organisateurs temporels.**
- Un texte **descriptif** se construit surtout avec des **organisateurs spatiaux.**
- Un texte **argumentatif** se construit surtout avec des **organisateurs logiques**.

Il y a donc différents types de textes.

On distingue principalement des **textes narratifs, des textes descriptifs, des textes argumentatifs.**

⇨ Le **texte narratif** raconte une suite d'actions. Le but de ce texte est de distraire ou d'informer.

⇨ Le **texte descriptif** raconte un état. Il a beaucoup d'indices de lieu. Il a aussi pour but d'informer ou de distraire.

⇨ Enfin, le **texte argumentatif** a pour but de convaincre. On trouve souvent des indices de raisonnement, des mots logiques.

En commençant avec *« un jour »*, ou *« un beau jour »*, on sait clairement que l'on va entendre une histoire.

Un texte qui commence par *« il était une fois »* est un conte.

Exercice 22

a. A quel genre de texte avons-nous à faire ici ?

C'était un matin d'octobre. Un ciel tourmenté de gros nuages gris limitait l'horizon aux collines prochaines et rendait la campagne mélancolique. Les pruniers étaient nus, les pommiers étaient jaunes, les feuilles de noyer tombaient en une sorte de vol plané, large et lent d'abord, qui s'accentuait d'un seul coup comme un plongeon d'épervier dès que l'angle de chute devenait moins obtus. L'air était humide et tiède. Des ondes de vent couraient par intervalles. Le ronflement monotone des batteuses donnait sa note sourde qui se prolongeait de temps à autre, quand la gerbe était dévorée, en une plainte lugubre comme un sanglot désespéré d'agonie ou un vagissement douloureux.

L'été venait de finir et l'automne naissait.

Louis Pergaud, *La Guerre des Boutons.*

b. Et celui-ci ?

Imaginez un pays où l'on parle comme en France, avec les prix de l'Italie, et qui soit aussi proche que la Vallée d'Aoste.

Ne cherchez plus, ce pays existe. En Vallée d'Aoste vous trouverez la langue que vous parlez chez vous et une tradition locale très riche. Les montagnes les plus hautes des Alpes et des prix, le taux de change aidant, les plus bas du moment. Installations modernes et anciens châteaux. Neuf cents kilomètres de pistes enneigées pour tous les sports d'hiver et une nature à vous couper le souffle. Et tout ça à deux pas de chez vous. Ce pays ne semble-t-il pas fait sur mesure pour vos vacances ?

Publicité Vallée d'Aoste, Italie.

4. Les mots construits :

On appelle **mot simple** un mot auquel on ne peut rien enlever sans qu'il perde de son sens.

Dans un **mot construit** on reconnaît plusieurs parties qui ont servi à construire ce mot.

On peut former des mots de différentes manières. On peut penser par exemple à :

⇨ **la dérivation :** on part du radical, auquel on ajoute un préfixe (avant) ou un suffixe (après). « Aim /able » est dérivé du verbe « aimer » auquel on a ajouté le suffixe « -able ».

⇨ **la composition :** on associe ensemble des mots qui peuvent venir du français, ou du grec et du latin. Le mot « souffre-douleur » est un mot composé, de même que le mot « psychologue ».

L'élément placé **après** le radical est le **suffixe.** C'est surtout avec les suffixes que l'on peut agir sur le sens d'un mot.

Quelques exemples de suffixes :

-able : indique une qualité, une possibilité. Adorable : digne d'être adoré.
-âtre : est souvent péjoratif : bleuâtre, jaunâtre.
-eau : indique quelque chose de plus petit : chevreau, baleineau.
-et : affaiblit, adoucit. C'est un suffixe diminutif : agnelet, coquelet, mignonnet...

Quelques préfixes à connaître :

- **a- :** sens de négation : amoral, anormal.
- **dé-, dis- :** séparer : disjoindre, disjoncter, débrancher, défaire.
- **re- :** à nouveau : refaire, redire, revoir.
- **in-, il-, im- :** sens de négation : impossible, illégal, illogique. (Aussi : **à l'intérieur :** ingérer.)
- **mal-, mau- :** mauvais : malchance, malhonnête.
- **pré- :** avant : prévoir, prédire.
- **tra-, trans- :** au travers : transmettre.

Quelques éléments grecs ou latins à connaître :

aéro- : *air : aéronef : le vaisseau de l'espace.*
agri- : *champ : agriculture*
anthropo- : *homme : anthropologie : étude de l'homme.*
bi- : *deux : bipède : qui a deux pieds.*
hémi- : *moitié : hémisphère*
hippo- : *cheval : hippodrome*
micro- : *petit : microgramme*
omni- : *tout : omniscient : qui sait tout.*
ortho-: *droit : orthographe : art d'écrire «droit », sans faute.*
psycho- : *esprit : psychologue*
sylvi- : *forêt : sylviculture*
-cide : *qui tue : régicide : qui tue les rois.*
-cole : *culture de : agricole*
-vore : *qui mange : omnivore : qui mange de tout.*
-phile : *qui aime : anglophile : qui aime l'Angleterre.*
-phobe : *qui n'aime pas : xénophobe : qui n'aime pas les étrangers.*

<u>Exercice 23</u>

a. Complétez les phrases en ajoutant à chaque mot incomplet un préfixe de la liste suivante :

anté-, pré- : devant ; **post-** : après ; **trans-** : au-delà, à travers ; **sub-** : sous ; **ex-, extra-** : hors de ; **pro-** : en avant ; **juxta-** : auprès de ; **super-** : au-dessus.

1. Ce ...atlantique vogue de New York au Havre.
2. L'îlot fut bientôt ...mergé par la marée.
3. Nous vendons ce produit à l'étranger, nous l'...portons bien.
4. L'histoire se passait sur Mars avec des ...terrestres.
5. Il ...posa les mots « chou » et « fleur », mit un trait d'union et construisit ainsi un mot composé.
6. L'adjectif placé après le nom est dit ...posé.
7. Le cheval le ...jeta par-dessus la barrière.
8. Le capitaine ...visait la manœuvre.
9. L'élément fixé avant le radical s'appelle un ...fixe.

b. Cherchez le sens de ces mots :

Giratoire, cruciverbiste, olfactif, mégalithe, somnambule, décélérer, chronologie, thermostat.

c. Recopiez le mot incomplet en ajoutant l'élément qui manque :

1. L'...dateur imprime sur le ticket de stationnement l'heure et la date à laquelle il a été pris.
2. Il faut ...caler un mot entre les deux premiers.
3. Ces activités sportives ne se feront pas pendant le temps scolaire, elles seront ...scolaires.
4. Dans cette ville, toutes les rues sont droites, regarde cette avenue parfaitement ...ligne.
5. L'ambulance avait le ...phare allumé.
6. Apporte ton magnéto... pour enregistrer le concert.
7. Tout autour de la ville, le boulevard ...phérique était encombré.

5ème Série

5ème

FRANÇAIS

LE DIALOGUE
L'homme et la nature

Observation :
Texte de Jules Verne.

1ère leçon

Le dialogue dans le récit.

2ème leçon

Observation :
Extrait de Roméo et Juliette.

3ème leçon

Argumenter.

4ème leçon

5ème SERIE

LE DIALOGUE

1.Observation :

Un hivernage dans les glaces est une nouvelle de jeunesse de Jules Verne. Jean Cornbutte a organisé une expédition maritime pour rechercher son fils Louis, qui a disparu en mer, près de la Norvège. Mais au cours du voyage, les glaces immobilisent le bateau et les marins marchent sur la banquise en quête d'un lieu où faire passer l'hiver à leur navire.

Un péril d'une nouvelle sorte venait les menacer. A ce bruit, qui ressembla bientôt aux éclats du tonnerre, se joignit un mouvement d'ondulation très prononcé du champ de glaces. Plusieurs matelots perdirent l'équilibre et tombèrent.

« Attention ! cria Penellan.

-Oui, lui répondit-on.

-Turquiette ! Gradlin ! Où êtes-vous ?

-Me voici, répondit Turquiette, secouant la neige dont il était couvert.

-Par ici, Vasling, cria Jean Cornbutte au second. Et Gradlin ?

-Présent, capitaine !... Mais nous sommes perdus ! s'écria Gradlin avec effroi.

-Eh non ! fit Penellan. Nous sommes peut-être sauvés ! »

A peine achevait-il ces mots, qu'un craquement effroyable se fit entendre. La plaine de glace se brisa tout entière, et les matelots durent se cramponner au bloc qui oscillait auprès d'eux. En dépit des paroles du timonier, ils se trouvaient dans une position excessivement périlleuse, car un tremblement venait de se produire. Les glaçons venaient de « lever l'ancre », selon l'expression des marins. Ce mouvement dura près de deux minutes, et il était à craindre qu'une crevasse s'ouvrit sous les pieds mêmes des malheureux matelots ! Aussi attendirent-ils le jour au milieu de transes continuelles, car ils ne pouvaient, sous peine de périr, se hasarder à faire un pas, et ils demeurèrent étendus tout de leur long pour éviter d'être engloutis.

Aux premières lueurs du jour, un tableau tout différent s'offrit à leurs yeux. La vaste plaine, unie la veille, se trouvait disjointe en mille endroits, et les flots, soulevés par quelque commotion sous-marine, avaient brisé la couche épaisse qui les recouvrait.

La pensée de son brick se présenta à l'esprit de Jean Cornbutte.

« Mon pauvre navire ! s'écria-t-il. Il doit être perdu ! »

Le plus sombre désespoir commença à se peindre sur la figure de ses compagnons. La perte du navire entraînait inévitablement leur mort prochaine.

« Courage ! mes amis, reprit Penellan. Songez donc que le tremblement de cette nuit, nous a ouvert un chemin à travers les glaces, qui nous permettra de conduire notre brick à la baie d'hivernage ! Eh ! tenez, je ne me trompe pas ! la Jeune-Hardie, la voilà ! plus rapprochée de nous d'un mille ! »

Jules Verne, *Un hivernage dans les glaces.*

Exercice 24

a. Quelle est la fonction du dialogue dans ce récit ?
b. Comment apparaît la nature à travers les éléments du dialogue ?

2. Le dialogue dans le récit :

Le dialogue dans un récit nous permet de mieux comprendre les personnages. Il permet aussi de faire avancer l'action.

Le passage dialogué est signalé parfois par **deux points**, et il est encadré par des guillemets.

Le changement des interlocuteurs dans un dialogue est indiqué par un **tiret**.

Les propositions incises sont des propositions courtes qui indiquent qui prend la parole : « *Mon pauvre navire !* ***s'écria-t-il****. Il doit être perdu !* »

Il y a de nombreux verbes pour introduire un dialogue :

- ⇨ **voix forte** : crier, s'écrier, s'exclamer, interpeller, appeler, lancer, proclamer, hurler, s'égosiller, vociférer...
- ⇨ **voix faible** : souffler, chuchoter, murmurer, soupirer...
- ⇨ balbutier, bégayer, bafouiller, bredouiller, marmonner...
- ⇨ supplier, prier, regretter, se plaindre, s'étonner, se moquer, protester, menacer, jurer, avouer, souhaiter, se réjouir...
- ⇨ annoncer, commencer...
- ⇨ ajouter, interrompre, reprendre, affirmer, déclarer, insister, préciser, répéter, raconter, expliquer, révéler, confier...
- ⇨ achever, conclure, finir...
- ⇨ demander, questionner, interroger, s'informer, riposter....
- ⇨ exiger, ordonner, commander, réclamer...

Chaque personnage qui parle s'appelle un **locuteur.** Le dialogue se passe entre deux **interlocuteurs.**

3. Observation :

Roméo et Juliette est une tragédie de William Shakespeare. Elle raconte l'histoire d'amour contrariée de deux jeunes gens dont les familles sont ennemies. Dans cet extrait, situé à la fin de la pièce de théâtre, les amoureux doivent se séparer. Le dialogue n'a pas ici la même fonction que dans le récit. On a des **didascalies (indications scéniques,** *en italique)* **et le nom des personnages précède chaque réplique.**

Ici, on voit comment chacun des personnages interprète les signes de la nature pour voir si le jour est en train de se lever, signalant le départ de Roméo.

Scène 5

La chambre de Juliette.
Entrent ROMEO et JULIETTE.

JULIETTE

Tu veux partir ? Ce n'est pas près d'être le jour.
C'était le rossignol et non pas l'alouette
Qui a percé le fond craintif de ton oreille ;
Il chante la nuit sur ce grenadier,
Crois-moi, amour, c'était le rossignol.

ROMEO

C'était l'alouette messagère de l'aube
Et non le rossignol ; vois quelles raies jalouses,
Amour,
Brodent sur les nuées en l'orient lointain ;
Les cierges de la nuit sont brûlés, le gai matin
Fait des pointes sur les montagnes embrumées.
Il faut vivre et partir – ou mourir et rester.

JULIETTE

Cette clarté n'est pas le jour, moi je le sais.
C'est quelque météore que le soleil exhale
Pour qu'il soit ton porteur de torche en cette nuit
Et t'éclaire sur la route de Mantoue.
Oh reste. Tu ne dois pas partir encore.

ROMEO

Que je sois donc saisi et mis à mort,
Je suis heureux si c'est ta volonté.
Je dirai que ce gris n'est pas l'œil du matin
Mais seulement le pâle reflet du front de
Cynthia ;
Et ce n'est pas non plus l'alouette qui frappe
De ses notes le ciel voûté si haut sur nos têtes.
J'ai plus désir de rester que volonté de partir :
Viens, mort, et bienvenue ! Juliette le veut ainsi.
Que dit mon âme ? Parlons encor. Ce n'est pas
le jour.

JULIETTE

C'est lui, c'est le jour ! Fuis, va-t-en, va-t-en vite !
Oui, c'est bien l'alouette qui chante faux
Et force sa note aiguë et discordante.
On dit que son chant fait de douces divisions,
Celle-ci n'en fait pas puisqu'elle nous divise ;
On dit que l'alouette et le crapaud hideux
Ont échangé leurs yeux ; maintenant je voudrais
Qu'ils eussent fait aussi échange de leurs voix,
Puisque les bras loin des bras, cette voix nous
effare,
Te chassant avec la fanfare de chasse du jour.
Oh pars. Il fait plus clair, toujours plus clair.

ROMEO

Plus clair, toujours plus clair ;
Plus noire, toujours plus noire notre désolation.

Entre précipitamment la Nourrice.

William Shakespeare, Roméo et Juliette, traduction par Pierre-Jean Jouve et Georges Pitoëff

Exercice 25

a. Que risque Roméo s'il reste encore en compagnie de Juliette ? Quels mots du texte le prouvent ?
b. Que veut Juliette au début du texte ? Comment Roméo parvient-il à la faire changer d'avis ?
c. Que symbolise le chant de l'alouette pour les amoureux ? Pourquoi le texte fait-il autant de références à la nature ?

4. Argumenter :

Dans notre texte de la 3ème leçon, Roméo parvient à convaincre Juliette de le laisser partir en lui rappelant qu'il risque la mort en restant près d'elle. Pour convaincre une personne, il existe différents moyens.

Voici une liste d'expressions que vous pouvez employer :

⇨ pour **suggérer** : « si tu faisais… ? », « je te propose de.. », « est-ce que tu pourrais… ? », « on pourrait essayer de… »

⇨ pour **prier** : « essaie de… », « sois gentil, tâche de.. », « pourquoi ne pas… », « si possible… »

⇨ pour **insister** : « je vous assure que… », « je vous jure… », « je vous garantis que… », « vous auriez tort de… », « ce serait bête de… »

⇨ pour **mettre en garde** : « à ta place... », « tu ne devrais pas... », « n'oublie pas que... », « souviens-toi que... », « mets-toi à ma place... », « il vaudrait mieux que... », « si j'avais un conseil à te donner... »

C'est aussi avec l'emploi d'un vocabulaire **mélioratif** ou **péjoratif** que vous allez pouvoir faire passer votre opinion.

Vous gagnerez à étayer votre argumentation avec des explications logiques. Pour cela, employez :

⇨ des connecteurs logiques de cause : **parce que, puisque, car, en effet...**

⇨ des connecteurs logiques de conséquence : **si bien que, si...que, donc, par conséquent, ainsi...**

⇨ des connecteurs logiques d'opposition : **bien que, mais, or, cependant, pourtant, néanmoins, toutefois.**

⇨ des connecteurs d'ordre : **tout d'abord, premièrement, ensuite, deuxièmement, enfin, en conclusion...**

Pourquoi ne pas utiliser des phrases impersonnelles ? En donnant l'apparence de moins vous impliquer, vous pouvez parvenir à convaincre plus facilement...

Exercice 26

Vous trouvez que vous avez trop peu d'argent de poche. Vous entreprenez de convaincre vos parents de vous l'augmenter. Attention : vous devez présenter un discours argumenté !

Puisque vous avez bien travaillé tout au long de ce livret, voici pour finir une poésie qui, bien sûr, résume tout ce que vous n'êtes pas :

Le Cancre
Il dit non avec la tête
mais il dit oui avec le cœur
il dit oui à ce qu'il aime
il dit non au professeur
il est debout
on le questionne
et tous les problèmes sont posés
soudain le fou rire le prend
et il efface tout
les chiffres et les mots
les dates et les noms
les phrases et les pièges
et malgré les menaces du maître
sous les huées des enfants prodiges
avec les craies de toutes les couleurs
sur le tableau noir du malheur
il dessine le visage du bonheur

Ce poème est de Jacques Prévert (1900-1977), il est tiré d'un recueil appelé *Paroles*, paru en 1946.

Lectures après la 5ème

La lecture est indispensable pendant les vacances, cependant elle doit rester un plaisir. N'hésitez pas à tester les versions pour le collège proposées par de nombreuses maisons d'édition, qui raccourcissent les descriptions et abrègent le texte sans le dénaturer. Mieux vaut lire des livres « faciles » que de ne pas lire du tout car des études ont montré que l'entraînement permet de lire plus vite et de mieux comprendre.

Caroll (Lewis): *Alice au pays des merveilles*
Cooper (James Fenimore) : *Le Tueur de daims*
Dumas (Alexandre) : *Les Trois Mousquetaires*
Kessel (Joseph) : *Le Lion*
Lagerlöf (Selma): *Le Merveilleux Voyage de Nils Holgersson*
London (Jack): *L'Appel de la forêt, Croc-Blanc*
Melville (Herman) : *Moby Dick*
Merle (Claude) : *L'Espion de Richelieu*
Pagnol (Marcel): *Le Temps des secrets, Le Temps des amours*
Stevenson (Robert Louis): *L'Ile au trésor*
Troyat(Henri): *Viou*
Twain(Mark): *Les Aventures de Huckleberry Finn*
Verne (Jules): L'*Ile mystérieuse, Vingt Mille Lieues sous les mers*

Vers la 4ème

Brontë (Charlotte) : *Jane Eyre*
Dickens (Charles) : *Oliver Twist, David Copperfield*
Flaubert (Gustave): *Trois Contes*
Gautier (Théophile): *Le Capitaine Fracasse*
Hugo (Victor) : *Les Misérables*
Maupassant (Guy de) : *Le Horla et six contes fantastiques*
Mérimée (Prosper): *La Vénus d'Isle*
Molière : *Les Femmes savantes*
Sand (George): *La Mare au diable*
Sienkiewicz (Henryk) : *Quo vadis ?*
Tolkien (John Ronald Reuel) : *Le Seigneur des Anneaux*

CORRIGÉ DES EXERCICES

5ème
FRANÇAIS

CORRIGE DES EXERCICES

1ère SÉRIE

Exercice 1

a. « De plain- pied » veut dire que l'on entre directement dans le palais, sans passer par un escalier.

b. « Grand salle » s'écrit ainsi par convention (c'est l'habitude) : c'est en effet une survivance (quelque chose qui est resté) de l'ancienne langue française. Quelques mots que vous connaissez bien portent aussi cette trace : on dit ainsi « grand place » et « grand-mère ». Mais vous, vous devez accorder « grand » au féminin dans tous les autres cas.

c. Vous pouvez remarquer que le texte suit un ordre logique car il présente d'abord le palais (son toit, ses salles) et ensuite ce qui entoure ce palais (les prairies). La topographie des lieux est assez précise car on trouve des indications comme « sur le côté nord-ouest » ou « au nord ».

d. L'auteur intervient de façon assez régulière dans son texte. Il ne se contente pas de décrire, il s'implique dans sa description en sollicitant l'intérêt de son lecteur : « sachez que », « comme je vous l'ai dit », « je dois dire ». On sent que le voyageur est impressionné par ce qu'il voit. Le texte en effet est rempli de phrases **emphatiques** (« c'est le plus grand palais jamais vu ») et de **superlatifs** (même phrase). En outre, le vocabulaire est largement **mélioratif**. La description de ce palais n'est pas « réaliste », elle relève plutôt du merveilleux. Marco Polo semble vouloir nous montrer que le palais est un paradis sur terre, qu'il contient tout un monde.

2ème leçon

Exercice 2

« Dans le jardin **se dresse** un grand arbre. Une balançoire **est accrochée** à la plus grosse branche. Un gros mur de briques **l'entoure**. En été, des pommes **jonchent** le sol. **On trouve** aussi une table et des chaises. »

Exercice 3

C'est un tout petit village [**phrase d'introduction**]. Des arbres dénudés bordent la route qui mène aux premières maisons. Le chemin, flanqué d'un mur en pierre sur la droite, paraît boueux et mal entretenu. La première maison, sur la gauche, est de couleur claire mais assez indistincte. Au milieu du tableau se détache en revanche un groupe de maisons : les demeures sont blanches, et l'une en particulier attire l'attention, car elle est surmontée d'une tour dont la hauteur égale presque la taille des arbres. On distingue au loin des formes qui pourraient être des cheminées et qui semblent indiquer la présence d'autres habitations. Plus loin encore, se dessine la ligne des montagnes, masse grise. Mais ce qui frappe surtout, c'est la présence du ciel, dégradé, qui pèse sur l'ensemble du paysage [**phrase de conclusion**].

Note sur ce corrigé : ce que vous avez fait est sans doute tout aussi correct. Vous remarquez simplement ici qu'il est possible de jouer sur les **synonymes :** « maison », « demeure », « habitation ». A la maison, cherchez des synonymes des mots répétés dans un dictionnaire.

3ème leçon

Exercice 4

a. Au soleil levant, le bateau prenait les couleurs de l'agate, il paraissait donc à la fois blanc, gris, bleuté, brun et noir, avec différentes nuances. Ses voiles étaient luisantes et gonflées comme un ballon de satin. Sa quille semblait mince, longue et plate. Elle arborait deux bandes rouges qui dissimulaient vingt-quatre canons. On aurait dit que ses mâts se penchaient en arrière comme s'ils se tordaient.

b. Dans les huit premiers vers, le schéma de rimes est le suivant : ABBA CC AA. La structure ABBA se nomme des rimes embrassées. La structure AA ou CC s'appelle des rimes plates ou suivies, ce sont les rimes les plus courantes en poésie. Vigny varie la combinaison des rimes pour mettre en valeur toute la beauté et la puissance de la frégate.

c. Il faut savoir compter les syllabes dans un poème. On compte et on prononce **toutes les syllabes**, même celles qu'on ne prononce pas dans le langage courant.

CORRIGE DES EXERCICES

1ère SÉRIE

Pour le « e », il existe des règles spéciales.
A l'intérieur d'un vers, on ne compte pas la dernière syllabe d'un mot qui se termine par un « e » quand le mot suivant débute par une voyelle :
« Quel /le é/tait ».
1 2 3
Le « e » final de « quelle » n'est pas compté car le mot suivant débute par une voyelle.
En revanche, **à l'intérieur d'un vers, on compte le « e » à la fin d'un mot quand il est suivi d'un mot débutant par une consonne** :
« bel/le /ma ».
1 2 3
En fin de vers, le « e » muet final ne compte pas.
Comptons les syllabes d'un vers :
« Quel/le é/tait/ bel/le/ ma/ fré/gate ».
1 2 3 4 5 6 7 8
Un vers de huit syllabes s'appelle un **octosyllabe.**
Le vers le plus long de la langue française se nomme **l'alexandrin.** Il compte **douze syllabes**. C'est le vers le plus courant de la poésie « classique » française.

d. On peut relever trois comparaisons dans ce poème : « Ses voiles luisaient (...) **comme** des ballons de satin », « Dix fois **plus** vive **qu'**un pirate » et « la prairie / **Ainsi qu'**une lourde roue ».
Le champ lexical de la mer est présent à travers les termes : « frégate », « capitaine », « voiles », « quille », « mât », « pirate », « pavillon » et « proue ».

e. Non, la description de la frégate n'est pas très précise. Nous aurions du mal à la dessiner ! On connaît seulement le nombre des canons (vingt-quatre) et la couleur écarlate (rouge) de la bande sur la quille.
En revanche, cette évocation est poétique, elle suggère plus qu'elle ne décrit. Vigny insiste sur les effets de la lumière « au soleil levant », il évoque l'aspect changeant des couleurs du bateau en l'associant à l'agate, utilisé comme parure de bijoux et objet magique depuis l'Antiquité. Le poète montre ainsi que la frégate est aussi belle que précieuse, elle paraît presque magique. Les comparaisons donnent une autre dimension au navire. Dans la deuxième strophe, Vigny fait allusion au pouvoir du navire qui « trace un noble sillon », il montre que les marins embarqués ne posent plus le même regard sur ce qui les entoure, « on voit mieux le monde » à bord, et il permet d'affronter les forces de la nature car « l'homme se joue de sa force ». Le poète révèle donc que le navire apparaît comme un magnifique objet aux pouvoirs magiques qui permet à l'homme de se surpasser et de se sentir invulnérable pour défier les océans.

Exercice 5

4ème leçon

Ce texte est très riche en expansions du nom. Voici les principales :
En notre forêt de Lions, vers le hameau de la Goupillière, tout près d'un **grand** [adjectif épithète] puits-fontaine **qui appartient à la chapelle Saint-Mathurin [proposition subordonnée relative]**, il y avait un **bon [adjectif épithète]** homme, **bûcheron de son état, [apposition] qui s'appelait Brisquet, ou autrement le fendeur à la bonne hache, [proposition subordonnée relative] et qui vivait pauvrement du produit de ses fagots [proposition subordonnée relative],** avec sa femme **qui s'appelait Brisquette [proposition subordonnée relative].** Le **bon [adjectif épithète]** Dieu leur avait donné deux **jolis petits [adjectifs épithètes]** enfants, **un garçon de sept ans [complément du nom] qui était brun [proposition subordonnée relative] et qui s'appelait Biscotin [proposition subordonnée relative] et une blondine de six ans [complément du nom] qui s'appelait Biscotine [proposition subordonnée relative (apposition)].**

CORRIGE DES EXERCICES

1ère SÉRIE

On peut imaginer diverses transformations :

En notre forêt de Lions, vers le hameau de la Goupillière, tout près d'un grand puits-fontaine **appartenant à la chapelle Saint-Martin,** il y avait un bon homme **du nom de Brisquet, ou autrement le fendeur à la bonne hache, qui exerçait le métier de bûcheron et qui vivait pauvrement du produit de ses fagots,** avec sa femme, **prénommée Brisquette.** Le bon Dieu leur avait donné deux enfants, **encore petits, et bien jolis : le garçon, prénommé Biscotin, était brun et avait sept ans ; la fille, appelée Biscotine, était blonde et avait six ans.**

Exercice 6

a. 1. Je ne souhaite pas qu'un médecin comme vous soigne ma maladie **cardiaque** !
2. On va raser ces jolis pavillons pour construire une zone **industrielle**.
3. On observe depuis quelques années de grandes variations **climatiques**.
4. Mon grand-père est fan de randonnées **pédestres** : il est fatigant !

b. 1. Ma grand-mère est une spécialiste de l'histoire **de la famille**.
2. L'école nous informe sur les accidents **à la maison** causés par les produits **de ménage** [comme vous le voyez ici, les transformations ne sont parfois pas très heureuses].
3. Les transports **en chemin de fer** sont indispensables à la vie **en ville**.

c. 1. Un ordinateur **portable**
2. Un fleuve **navigable**.
3. Une écriture **lisible**.
4. Un hiver **interminable.**

CORRIGE DES EXERCICES

2ème SÉRIE

1ère leçon

Exercice 7

a. Non, la narratrice ne fait pas uniquement le portrait d'Harry dans le premier texte, elle esquisse aussi celui de Dudley en comparant les silhouettes des deux garçons : « (...) il était obligé de porter les vieux vêtements de Dudley qui était à peu près quatre fois plus gros que lui. » Dans le second extrait, la narratrice annonce : « Harry ne ressemblait en rien au reste de la famille » avant d'évoquer les caractéristiques physiques de Vernon, de Pétunia et de Dudley. Cela permet de marquer l'opposition physique entre Harry et le reste de sa famille, et annonce une différence morale du jeune garçon.

b. Les adjectifs qui qualifient la silhouette d'Harry dans les extraits sont : « petit et maigre », ils sont même répétés dans le premier passage.

c. Nous avons des détails sur la l'allure générale d'Harry, mais aussi sur son visage « mince », ses « genoux noueux », ses « cheveux noirs » et ses « yeux d'un vert brillant » ainsi que sur ses « lunettes rondes » et sur la « fine cicatrice » que le héros porte au front et « qui avait la forme d'un éclair » dans le premier texte.
Dans le second, le passage mentionne les « grands yeux verts étincelants » et les « cheveux d'un noir de jais qu'il n'arrivait jamais à coiffer » comme les « lunettes rondes » et la « mince cicatrice en forme d'éclair qui marquait son front. » Ces éléments sont donc identiques dans les deux pages, à l'exception des « genoux noueux » qui ont disparu dans le deuxième extrait.

2ème leçon

Exercice 8

Sur la scène, **ce sont** les atmosphères sombres du Paris du XIXème siècle **qui** planent autour des comédiens : Fantine mourante, Cosette maltraitée, Gavroche sur les barricades, Jean Valjean poursuivi par l'inspecteur Javert. Dans des décors très réalistes, en chansons et en tableaux animés, **c'est** le plus grand roman de Victor Hugo **que** font vivre à Mogador trente-cinq acteurs et chanteurs. Trois heures vingt de musique et de chansons, avec une mise en scène et des comédiens impressionnants, cette comédie musicale assure à tous des instants d'émotion inoubliables. Vingt millions de spectateurs ont déjà vu le spectacle à New York, à Londres, à Tokyo... dans le monde entier ! Partout **c'est** la critique **qui** l'acclame, **c'est** le public **qui** le réclame. Victor Hugo voulait que son livre soit universel. C'est chose faite ! Trente-six films ont déjà été réalisés. On parle d'un trente-septième, tiré de cette comédie musicale, en 1993 ! **C'est** pour décembre **que** sont prévus en version française et symphonique des disques de cette tournée.

Exercice 9

1. Dimitri est aussi drôle qu'un clown : **égalité**.
2. Je préférerais une pomme plus mûre : **supériorité**.
3. Votre sapin est moins décoré que le nôtre : **infériorité**.
4. Aline est-elle vraiment plus appliquée que son frère ? **Supériorité**.
5. Voilà une phrase moins claire que la précédente : **infériorité**.
6. Il est maintenant plus sûr de lui : **supériorité.**

Exercice 10

a. - Boire comme un trou.
- Crier comme un putois/chat qu'on égorge.
- Manger comme un porc/ogre.
- Trembler comme une feuille.
- Se battre comme des chiffonniers.
- Courir comme un lièvre/fou/dératé.
- Dormir comme un loir.
- Pleurer comme une madeleine.
- S'écrouler comme une masse.
- Rire comme une baleine.

CORRIGE DES EXERCICES

2ème SÉRIE

b. - Bavard comme une pie.
- Bête comme un âne/ses pieds.
- Chaud comme la braise.
- Fort comme un Turc.
- Gai comme un pinson.
- Léger comme une plume.
- Muet comme une carpe.
- Riche comme Crésus.
- Sourd comme un pot.
- Vieux comme Hérode.
- Beau comme un dieu.
- Blanc comme neige.
- Doux comme un agneau.
- Froid comme la mort/la glace.
- Laid comme un pou.
- Maigre comme un clou.
- Rapide comme l'éclair.
- Rusé comme un renard.
- Têtu comme une mule.
- Vif comme une anguille.

Exercice 11

Picasso a cherché ici à représenter une femme d'une manière qui lui est propre et qui a contribué à son originalité. Le peintre nous livre un portrait très riche dans la mesure où il y expose plusieurs angles. La femme est ainsi vue simultanément de profil et de face. Ses cheveux se répartissent donc de manière inégale autour de son visage. De même, ses oreilles ne sont pas de taille identique ; nous avons ainsi le sentiment de voir celle de gauche de plus loin que celle de droite. Un gros œil fait face à un autre bien plus géométrique. Les éléments oculaires de l'œil droit semblent schématisés et associés de manière fantaisiste, comme on assemblerait les pièces d'un jeu en bois pour enfant. Un large nez tombe au-dessous des yeux de cette femme. Deux vastes narines s'y côtoient, nous donnant le sentiment de tourner autour du personnage et d'en voir plusieurs aspects. Des traits de crayon horizontaux et quelque peu arrondis achèvent de nous donner une impression de mouvement. Cette femme à la bouche pulpeuse et au menton prononcé, prend vie sous nos yeux. Un cou très long et une ébauche de vêtement terminent ce portrait animé et si typique de Picasso. Cette approche toute particulière met en relief la diversité physique du personnage féminin. C'est un peu comme si l'artiste n'avait pas peint une femme mais toutes les femmes.

3ème leçon

Exercice 12

Dans le premier portrait, les adjectifs sont mélioratifs : « belle », « élégante », « luxueusement », « incomparable ». On trouve aussi des superlatifs tels que « belle comme on n'en avait jamais vue » et des associations flatteuses, « digne d'un roi ou d'un comte ». Relevons enfin des comparaisons qui vont dans le sens de l'idéal de beauté de l'époque : « blancheur des fleurs de l'été », « couleur de la rose ». La jeune fille est associée à des joyaux, à des métaux précieux.
Dans le deuxième portrait, la jeune fille est pareillement associée à des matières précieuses. Elle possède les mêmes qualités de beauté que la précédente (blonde, rose, avec des dents blanches). Elle est aussi marquée par des superlatifs.
Cette accumulation de qualités conduit à un portrait **hyperbolique**. Ici l'auteur ne force pas le trait par dérision : il obéit aux principes de son époque.

4ème leçon

Exercice 13

A ma naissance, tous furent unanimes : j'étais le plus beau bébé du monde. Ma mère, émerveillée, contemplait ce nourrisson sublime et merveilleux qui lui était donné comme un cadeau. Je me suis développé en comblant les vœux de mes parents, éperdus d'adoration pour moi. Il faut dire que je suis le meilleur élève de ma classe. Je suis aussi le plus joli garçon qu'on n'ait jamais vu. J'ai les cheveux les plus fins, le visage le plus harmonieux. Je suis un sportif accompli, et gagne toutes les compétitions. Mais ce que l'on aime le plus en moi, c'est ma gentillesse : il n'y a pas garçon plus serviable, plus aimable que moi. Enfin, il est inutile de dire que je suis aussi d'une modestie et d'une humilité extrêmes !

CORRIGE DES EXERCICES

2ème SÉRIE

Exercice 14

A ma naissance, tous furent unanimes : j'étais l'enfant le plus affreux qu'on n'ait jamais vu. Ma mère, atterrée, contemplait ce mioche rachitique et effrayant dont elle avait été affligée. Je me suis développé en continuant à faire le désespoir de mes parents, partagés entre pitié et haine. Il faut dire que je suis le plus mauvais élève de ma classe. Je suis aussi le garçon le plus laid qu'on n'ait jamais vu. J'ai les cheveux les plus filasses, le visage le plus disharmonieux. Je suis un sportif des plus médiocres, et arrive bon dernier à toutes les compétitions. Mais ce que l'on déteste le plus en moi, c'est ma méchanceté : il n'y a pas garçon plus désagréable, plus abject que moi. Enfin, il est inutile de dire que je suis d'une vantardise et d'un orgueil extrêmes !

CORRIGE DES EXERCICES

3ème SÉRIE

1ère leçon

Exercice 15

a.	volait semblaient regardaient voyait régnait	avait marqué avait fait avait eu avait vu avait essayé avait dévié avait permis	brilla plongea foncèrent fut fit monta parvint hurlèrent rappela ordonna
b.	imparfait	plus-que-parfait	passé simple
c.	arrière-plan description	action antérieure à une autre action dans le passé	actions ponctuelles

2ème leçon

Exercice 16

Le jour où Lullaby décida qu'elle n'irait plus à l'école, **c'était encore très tôt le matin**, vers le milieu du mois d'octobre. Elle quitta son lit, elle traversa pieds nus sa chambre et écarta un peu les lames des stores pour regarder dehors. **Il y avait beaucoup de soleil**, et en se penchant un peu, elle put voir un morceau de ciel bleu. **En bas, sur le trottoir, trois ou quatre pigeons sautillaient, leurs plumes ébouriffées par le vent. Au-dessus des toits des voitures arrêtées, la mer était bleu sombre, et il y avait un voilier blanc qui avançait difficilement.** Lullaby regarda tout cela, et elle se sentit soulagée d'avoir décidé de ne plus aller à l'école.

Elle retourna vers le centre de la chambre, elle s'assit devant sa table, et sans allumer la lumière elle commença à écrire une lettre.

Exercice 17

Silvia Tebrick et son mari Richard se promenaient dans une forêt d'Angleterre. Une chasse passa. Silvia poussa un cri. Quand Richard se retourna, sa femme s'était transformée en renarde au pelage rouge ! L'auteur s'est bien gardé d'expliquer sa métamorphose. Tout juste sait-on que, dans sa jeunesse, Silvia avait été traumatisée par sa première chasse à courre...

Le couple Tebrick, désormais étrangement assorti, poursuivit bon gré mal gré sa vie commune. Silvia était bouclée dans la chambre conjugale. Changée en renarde elle n'en continuait pas moins de manifester beaucoup d'amour à son époux qui la brossait et la parait tous les jours. Le soir, il continuait à faire avec elle, comme avant, une partie de piquet. [...] Mais bientôt Silvia manifesta son nouvel instinct, elle mordit, saigna un lapin, creusa des terriers. Son mari dut se résoudre à lui donner sa liberté. Elle donna naissance à des renardeaux, dont Mr. Tebrick, toujours amoureux (et jaloux), accepta d'être le parrain. Mais la pauvre finit par mourir sous les dents des chiens...

CORRIGE DES EXERCICES

3ème SÉRIE

3ème leçon

Exercice 18

Il y a des jours où il vaudrait mieux rester au lit.

Je ne dis pas ça par amour pour les polochons de l'internat. Quand la cloche a sonné, ce matin, j'ai cru un instant que j'avais été transformé en sardine à l'huile marinant dans une boîte de fer-blanc. La vision de mes pieds nus dépassant des barreaux ne m'a rassuré qu'à moitié : j'étais bien Rémi Pharamon, pensionnaire de 4ème 2 au collège Chateaubriand, et rien, pas même la dégringolade de livres sur ma tête à l'instant où j'essayais d'attraper ma montre, ne pouvait me sauver de l'interro de sciences-nat.

Naturellement, je **suis arrivé** bon dernier dans la cour. Il **faisait** un froid de canard, un de ces petits matins de mars qui semblent faits tout exprès pour le plaisir des pions. Le nôtre **soufflait** doucereusement sur son café, bien à l'abri derrière la vitre embuée du réfectoire, tandis que le surgé, du haut de la galerie, **semblait** commander au sifflet l'évacuation du *Titanic*

CORRIGE DES EXERCICES

4ème SÉRIE

1ère leçon

Exercice 19

a. Les mots du texte montrant que le narrateur et l'auteur sont une seule et même personne sont les adjectifs possessifs « mon » (« mon voisin », « mon âme ») et « ma » (« ma sagesse »), et le pronom personnel « je » (« je dois reconnaître », « j'ai cru »).
b. Les mots qui permettent de suivre l'évolution de l'histoire sont : « un matin », « puis », « d'abord », « alors », « d'abord », « à ce moment-là », « mais », « aussitôt » et « jamais ».
« Un matin », « à ce moment-là », « aussitôt » et « jamais » sont des indicateurs temporels qui donnent des informations sur la progression chronologique de l'histoire.
« Puis », « d'abord », « alors », « d'abord » et « mais » sont des connecteurs logiques qui soulignent l'évolution de l'action.
« Pendant une semaine » et « enfin » s'appliquent au fonctionnement au fonctionnement du stylographe dans le temps.
On peut aussi noter des compléments circonstanciels de manière qui précisent l'action : « lentement », « froidement », « sans tremper la plume de l'écrivain »...
c. Le schéma narratif est le suivant :
Introduction : situation initiale : premier paragraphe.
Développement : événement perturbateur : « Un matin (...) coude ».
Péripéties : « Il me fit (...) piston ».
Conclusion : Elément de résolution : « Il voulut (...) cahier neuf ».
Situation finale : dernière phrase.

2ème leçon

Exercice 20

1. Une bibliothèque sera bientôt construite dans notre quartier : **phrase simple.**
2. La pluie *qui tombe aujourd'hui* **[*proposition subordonnée relative*]** mouillera la terre, *qui en avait bien besoin* **[*proposition subordonnée relative*] : phrase complexe.**
3. Il ne faut pas croire que tous les peintres *qui sont maintenant célèbres* **[*proposition subordonnée relative*]** ont été connus de leur vivant **[proposition subordonnée complétive] : phrase complexe.**
4. Dites-moi le nom des planètes *que vous connaissez* [***proposition subordonnée relative***] : **phrase complexe.**
5. En regardant longuement la mer, le petit mousse rêvait d'aventures sans fin, d'exploits et de conquêtes : **phrase simple.**

3ème leçon

Exercice 21

A l'époque romane, les châteaux étaient des emplacements fortifiés, et ils conservèrent ce rôle **au Moyen-Âge**. **Du VIIème au XIIème siècle**, ils furent construits surtout *dans les campagnes*, où ils étaient installés *sur des lieux surélevés*. **Plus tard**, ils furent édifiés *dans des villes* ou furent à l'origine de bourgades. **Du XIIème au XVème siècle**, le château fort était constitué de trois éléments : une ou plusieurs enceintes, le donjon et la résidence des seigneurs. Le chemin de ronde passait *le long des courtines et sur le faîte des tours*. Le fossé, surmonté d'un pont-levis, s'élargit **à partir du XVème siècle, avec la généralisation des armes à feu. Avec l'apparition des grandes monarchies, et à la suite des guerres d'Italie,** le château perdit de son caractère défensif pour se muer en résidence. Il donna lieu à de belles réalisations.
On a ici des **connecteurs temporels**, ce qui correspond bien à la vocation d'information historique de ce texte et des *organisateurs spatiaux* qui offrent plus de précisions.

CORRIGE DES EXERCICES

4ème SÉRIE

Exercice 22

a. Il s'agit d'un texte descriptif. Le temps est l'imparfait.

b. Il s'agit d'un texte argumentatif. On tente de convaincre le lecteur avec des impératifs («imaginez », « ne cherchez plus »), des superlatifs relatifs (« les plus hautes des Alpes , « les plus bas »), un superlatif absolu (« très riches »), des comparatifs (« aussi proche », « comme en France ») et des hyperboles, c'est-à-dire des exagérations (« une nature à vous couper le souffle », « à deux pas de chez vous », « ce pays ne vous semble-t-il pas fait pour vous ? »).

4ème leçon

Exercice 23

a. 1. Ce **trans**atlantique vogue de New York au Havre.
2. L'îlot fut bientôt **sub**mergé par la marée.
3. Nous vendons ce produit à l'étranger, nous l'**ex**portons bien.
4. L'histoire se passait sur Mars avec des **extra**terrestres.
5. Il **jux**taposa les mots « chou » et « fleur », mit un trait d'union et construisit ainsi un mot composé.
6. L'adjectif placé après le nom est dit **anté**posé.
7. Le cheval le **pro**jeta par-dessus la barrière.
8. Le capitaine **super**visait la manœuvre.
9. L'élément fixé avant le radical s'appelle un **pré**fixe.

b.

Giratoire :	qui tourne autour d'un point donné.
Cruciverbiste :	une personne qui fait des mots croisés.
Olfactif :	qui a rapport à l'odorat.
Mégalithe :	grosse pierre.
Somnambule:	qui marche en dormant.
Décélérer :	ralentir.
Chronologie :	déroulement dans le temps.
Thermostat :	appareil destiné à régler la température.

c. 1. L'horodateur imprime sur le ticket de stationnement l'heure et la date à laquelle il a été pris.
2. Il faut **inter**caler un mot entre les deux premiers.
3. Ces activités sportives ne se feront pas pendant le temps scolaire, elles seront **extra**scolaires.
4. Dans cette ville, toutes les rues sont droites, regarde cette avenue parfaitement **recti**ligne.
5. L'ambulance avait le **gyro**phare allumé.
6. Apporte ton magnéto**phone** pour enregistrer le concert.
7. Tout autour de la ville, le boulevard **péri**phérique était encombré.

CORRIGE DES EXERCICES

5ème SÉRIE

1ère leçon

Exercice 24

a. Dans un texte romanesque, le dialogue, qui alterne avec le récit, est un moyen de rendre plus vivant le texte. Le lecteur peut se représenter plus facilement la scène. En outre, on a les paroles comme elles ont été dites, avec le ton et les apostrophes. Ainsi, dans notre extrait, on sait par le récit que Gradlin, qui vient de tomber, a peur car il crie « avec effroi » et nous apprenons que Turquiette « était couvert de neige. » Les phrases de dialogue nous donnent pour leur part des indications sur le caractère des personnages et sur leurs préoccupations : Jean Cornbutte s'inquiète pour ses compagnons (« Turquiette ! Gradlin ! Où êtes-vous ? ») et pour son bateau (« Mon pauvre navire ! »). Penellan est plus optimiste, il cherche à voir le côté positif et à encourager ses compagnons (« Nous sommes peut-être sauvés ! », « Courage ! mes amis (…) »).

b. A travers les éléments du dialogue, la nature apparaît comme très hostile à l'homme. Penellan met en garde ses compagnons (« Attention ! ») quand deux marins tombent sur la glace. « Mais nous sommes perdus ! », s'exclame Gradlin épouvanté par la violence des éléments. Ces remarques traduisent donc les craintes des voyageurs, conscients de risquer leur vie. Cependant la nature semble aussi favoriser ces naufragés des neiges : « le tremblement de cette nuit nous a ouvert un chemin à travers les glaces. »

3ème leçon

Exercice 25

a. Si Roméo reste plus longtemps auprès de Juliette, il risque la mort. Il le rappelle à trois reprises quand il déclare : « mourir et rester », « que je sois donc saisi et mis à mort » et »viens, mort. »

b. Au début du texte, Juliette veut que Roméo reste : « Ce n'est pas près d'être le jour », « Tu ne dois pas partir encore. » Roméo parvient à la faire changer d'avis en évoquant le danger qu'il court à rester : « Viens, mort, et bienvenue ! Juliette le veut ainsi. » Il la culpabilise en lui rappelant qu'il mourra par la faute de sa bien-aimée.

c. Le chant de l'alouette symbolise le lever du jour, et donc leur séparation pour Roméo et Juliette : « C'était l'alouette messagère de l'aube. » Le texte fait de nombreuses références à la nature pour montrer que les personnages sont très proches d'elle, qu'ils n'ont pas de montre et sont donc très attentifs aux signaux qu'elle leur envoie. Ces mentions donnent en plus une tonalité poétique au dialogue.

4ème leçon

Exercice 26

Mes chers parents, je vous prierais de ne pas m'interrompre car je dois aborder un sujet délicat. L'affaire est d'importance. Je sais que vous êtes très généreux : c'est une joie pour vous de me donner de l'argent de poche, comme pour moi de le recevoir, et je vous en suis très reconnaissant. Cependant, vous n'êtes pas sans savoir que le niveau de vie a augmenté ces derniers temps, et ce que je remarque surtout, c'est que mon argent de poche est très au-dessous de celui que reçoivent mes camarades, ce qui crée une inégalité flagrante. Je ne peux plus rien acheter avec ce que vous me donnez, il me faut économiser pendant des semaines, voire des mois, avant de pouvoir acquérir quoique ce soit. Donc cet argent ne me permet plus de vivre décemment. Par conséquent, je vous suggère de porter mon écot hebdomadaire à ...... (inscrivez ici votre somme !)

COURS LEGENDRE, **C'EST AUSSI...**

Des cours particuliers

Assurés par des enseignants de l'Education Nationale

- Du primaire au supérieur, toutes matières confondues
- Des enseignants à l'écoute et sélectionnés pour votre enfant à l'issue d'un entretien approfondi avec nos équipes sur vos attentes et ses besoins
- Cours à votre domicile ou en visioconférence
- Adaptés aux besoins de l'enfant : lever les freins et redonner confiance, retrouver une aisance dans la matière en retravaillant par une pédagogie renouvelée les notions non acquises, aller au-delà du programme...

Des stages intensifs

Animés par des Professeurs de l'Education Nationale

- Du Primaire à la Terminale, pour progresser à son rythme pendant les vacances scolaires dans les matières spécifiques
- Stages de 5 jours dans un établissement scolaire ou en visio avec 2h/jour et par matière
- Programme «sur mesure» : choix du nombre et des matières à inclure dans le programme de révision
- Petits groupes pour conjuguer émulation et prise en compte des besoins de chaque élève
- Préparations aux concours Accès-Sésame, Advance, Avenir, Puissance et Geipi Polytech, préparation aux classes préparatoires scientifiques et stages dédiés à Parcours Sup

De l'enseignement à distance - L'école à la maison

Du primaire au collège

- Scolarité complète ou partielle en France ou hors de France
- Programme complet (manuels de cours et devoirs) conçu spécifiquement pour les parents qui font l'école à la maison
- L'accompagnement personnalisé de notre équipe dédiée tout au long du parcours scolaire de votre enfant
- Points réguliers avec les professeurs référents pour un suivi rigoureux